日本を守るのは国民の英知・想・そして愛

田 龍太郎
DEN Ryutaro

文芸社

目次

まえがき

七十五歳の老建築家の僕であるが、小学四年生の冬、母の作戦によって、知らぬ間に建築家を志すようになった。

当時、本心は新聞記者から政治家への憧れは捨てきれずにいた。

五年生になると、メルボルンオリンピックが開催され、音声の悪い短波放送で聞いて解説者になったつもりで、明くる日、結果を謄写印刷して教室に配ったものだった。

それからクラスへの新聞は号外的に中学二年まで続き、将来のためと思って夜を徹し原紙切り（ろうを塗ってある紙をヤスリの上で鉄筆で字、絵を記す）をし、次の日朝一で謄写印刷をした。

そして政治については、小学生の頃から選挙のたびに速報をラジオで聞き取り、星取表を新聞に書き込み、自分なりに評価する少年だった。

一九六〇年、世間を震撼《しんかん》させる事件が起こる。

日米安保条約を強引に進めようとした岸信介内閣に怒りの声をあげた無数の国民が国会を取り囲んだ。反戦、平和のために、東大生樺美智子さんが初めて参加。圧死と言われるが、恐らく国家権力（機動隊）による殺害との見方もある。このように命を賭して戦った。

この時代、安保反対運動の中心勢力だった若者達がいたことを忘れてはならない。全学連が分裂し事実上消滅した。

その年の十月、人間機関車と言われる程ガッチリした体格の浅沼稲次郎《いねじろう》（日本社会党委員長）が山口二矢《おとや》少年の一突きで命を落とす。

当時の池田総理は亡くなる前、「沼さんが逝って日本の政治は終わったんだよ」と言い残した。まさに政治の消滅である。

この二つの事件が、高校一年の僕にとってあまりにも大きなショックであった。日比谷公会堂の池田・浅沼・西尾による、国民に真剣に訴える演説の一部始終をラジオで聴いていた。

いつも野太い迫力ある声が、最後の声だけ「池田君は」と言う甲高い声であった。僕の耳から離れない。今でも涙が滲《にじ》む。


その後の政治を見ていると、法案をゴリ押しする「金持ち」政党に、イデオロギーを重んじることが多い「貧乏」政党はやられっぱなしのようである。

調査能力抜群の政党もあって、政府を追い詰めることは小気味良い。しかし質問攻めにもはぐらかされ、牛歩戦術で追い詰める、結局は民主主義（多数決）で逃げられてしまう。

それでも昔は今と違って議員一人一人の発声も明確で、国会は真剣勝負の場であったと思う。

今は国（民）を無視。民主主義は消滅してしまった。

いつからこんなだらしない政治家が増えたのだろう。

腹の底から訴え、正しいことを言う立候補者は落選すると言われているようだが、それにしても、平成になってから、事前に質問を通告してもまともに答えられない。とんでもない国会に落ちぶれている。我々国民には考えられない。

野党の質問も、もっと連係プレーをすることが必要だ。

質問について、はぐらかすようにと教わってきた総理。とぼける大臣が質問に適確に応じていない。長話をして焦点をぼかす。質問に対して直球で答えない。

テレビを見ている国民は、もう諦めているようだ。

どうしたら本音を引き出すことができるかなど、考えているとは思えない。必ず時間切れになる。悲しいことである。日本の将来は見えてこない。

最も困るのは、スマホ・パソコン・デジタル人間化により、全く政治に興味のない若者が増えたことだ。新聞・本を読むことは、周囲の状況判断ができることだが。

こんな政治、国会だから諦めて、もう何を言ってもしょうがないと思っているのだろう。

しかし、若者達はこれでいいのか、なぜなのかと考えてほしい。

政治家は国民、そして若者、未来の夢を望む子供達に愛情を注ぐ国会にして欲しい。今の国会は上べだけで、問題点を掘り下げ根本は何かも考えることなく正直真面《まとも》な答えを出せない。勉強しない大臣が多いからだ。小学生の児童会、中学生の生徒会にも及ばない、つまらない国会である。

そして野党の質問攻めが怖くて国会を開かず、無責任極まりない安倍総理は、病気を理由にタイミングを計って交代してしまった。

こんな無責任な政治家集団に日本を任せることができるだろうか。

政治評論家、またはテレビのニュースキャスターの方々の中には、国民に分かりやすく、明確な解説をしたり、政府と反対の意見を言ったときには、次の月から外されていることが少なくない。

語り部の皆さんも本当のことが言えないのだ。圧力がかかっているのではないのだろうか。報道の自由を奪われ、ご自分の自由な正しい意見が言えない。こんな日本は危ないと思う。ここまでは老人の腹立ち日記であるが、それで終わってはいけない。

子供達の（夢）の実現（未来）への望みが持てる。デジタル化だけに頼らず相手を「想うこころ」を持った、しっかりとした意志で伸々と遊び、勉学に励む。そのような生活ができる世の中、それは国が国民、若者、子供達に愛を注いだ、しっかりとした目標を掲げる国づくりが大切ではないか。

令和二年十一月

田　龍太郎

第一章　日本消滅

一　失われる日本のこころ

このままでは日本消滅が近い

それは、日本人のこころを失っている人々が少なくないからだ。人は生まれながらにクリアな硝子《ガラス》のこころを持ってきた。

人は成長するにつれ、母の愛、家族の愛、隣人愛、友人愛、恩師の愛、そして人生の成長の中でいろいろな人々の愛を受けて、こころを育んで行くのである。ところが最近、こころに余裕のないせいか、自分自身を追い込み、他人のことに愛情を注ぐことを忘れてしまっているのではないだろうか。

なぜこれほどまで殺伐とした世の中になってしまったのだろう。日本人には脈々と受け継がれてきた、相手を想う**こころ**、譲り合うこころがあり、人間として最も素晴らしい「互譲の精神」は世界に誇れる美の一つである。

それをもう一度、国民一人一人が取り戻す時だ。原点に戻ろう。生まれてきたままの、こころで振り返ろう、硝子のこころで！

二　自然の消滅

気温の上昇

地球の温暖化による異常気象。このまま日本の青空が減少して、その環境の中で幸せを感じることができるだろうか。

工場地帯の努力によって排気ガスが減少し、スモッグ、光化学スモッグ注意報などは減少したにもかかわらず、見る見る自然が破壊されて行く。

規制されているところはそれを守っているが、相変わらず地球の温暖化が進み、海水温が上がり、南極の、氷床の洋上にある棚氷が溶けることによって、数十年後、地球の形態が変わる。海水温上昇によって生物の領域が全く変わり、漁獲量も減少して行く。

山岳地帯では、自然の山・森林は人間の身勝手のため、金儲けの心ない宅地造成のために破壊され、土砂崩壊や洪水などが多くなってきている。

人の力で自然を破壊すること、自然に決して逆らってはいけない。

元米副大統領アル・ゴアは、今行動することが地球を救うと世界中を駆け巡っている。

今地球に愛をと、民衆に訴えている。

暴れ狂う空

二〇二〇年は台風の日本列島直撃は少なかった。なぜだろう。

しかし、今世紀になって暴風、ゲリラ豪雨、異常気象が続く。

最近、台風の進路がおかしい。沖縄、九州の両サイドを通る。今までは九州に上陸後、日本海側を通ったり、四国を掠《かす》めて太平洋へと進むことが多かった。最近は今までになく直進し、大陸、中国に向かって行くことが多い。

それだけでなく、これまでの進路でない四国、中国地方を巻き込み、長く続く台風は東北・北海道まで暴れまくる。暴風と大雨、おかしい現象が起こっている。

統制されているのか、多くの気象予報士はどこの局でも同じことを言って代わり映えしない。台風の来る直前、「今までにない記録的な大型（台風）で被害が大きくなる」と言って国民、市民を驚かせる。最近のメディアは、「命を第一に考え、行動してください」と住民に投げかけ、自分で責任をもって守れと言う。国民に具体的な指示はない。どうしていいか分からない。

だがその前に、国民・住民に具体的に何をなすべきか教える必要があるのではないか。国民はどうしたらいいか不安に思うだけだ。

彼らは元をただせば、国・政府の駒の一つでしかない。だからどこの局も同じことを言うだけである。

無策の政府

悪いのは司令塔の政府であり、政治家である。国民に告げるときは次のように発声するべきだ。

「地区の皆様。近くに必ず頑強な建物（ホールであったり、地区会館であったり）があります。安心して速やかにそちらに避難してください」

そうすることによって恐怖から安心になる。それが国は後手に回り、仮設住宅をいい加減に建て、ただ建設会社に裏金を造らせ、無駄なことばかり。いつも血税を無駄にしている（箱物については、国民のためを考える建築家は、無駄な金を使わない。有名、無名、関係なければ、絶対に壊れない建物が出来る）。

目的が違うことが分かっていない。真剣味のない国交省は、年度内に予算を使いこなすことだけ考えている。

災害後に急ピッチで建てる仮設住宅はバラックで悪環境（企業に騙《だま》されて無駄金を使う）。災害前に予算をキッチリ立てて、良好な住宅を建てることが大切なのではないか。見かけ予算はタップリあるのだからあらかじめ先を見越して、国民のためにと口先だけでなく実行すべきである。政治は選挙のことや金を集めることに集中せず、たまには国民に**こころ**を寄せるべきである。

このように言っても、国、政府は国民のことを真剣に考えているか分からない。この四十年、当てにならなかったから。

災害はなぜ起こるか。台風の進路はなぜ変わったか。また今の科学で進路を変える方法はあるのでは？　など早めに予想し、対策を十分考える。最近の国、自治体は「想定外」で責任から逃げる一方だ（予想外との違い）。

「想定外」とは誰が言い出したのか。あらかじめ予想をする。自身の責任を問う。「想定外」では人任せにしている。何の解決にもならない。

建設省の復活こそ日本を救う

国民のために、是非責任の取れる「建設省」を復活してほしい。「国交省」と言って旅行社、大手旅館のためのGO TOトラベルばかりでは解決できない。

建設省が中心になればすぐ対策を練ることが出来、そして知事に、政府が権限を与える。中央が行っては遅い。当事者と自衛隊の初動活動が人命を守り、災害を最小限に食い止めるのだ。後で自衛隊が出動した時には手遅れ、後の祭りだ。今回の山火事など早く手を打てばボヤで済んだはずだ。なぜ、国は先に動かなかったのか？

関東大震災の時、自分のすべての私財をなげうって東京を復興させた後藤新平のような人物はもう出ないのだろうか。

デジタル化を進める危険性

具体的方針が言えない人間（政府）が、頭の良い若者にいいように使われるだろう。

人の話を真面《まとも》に聞けないデジタル化は、通信の道具だけにすべきだ。今は便利で良いと思っているかもしれないが、人と人の接点には使えない。デジタル化を進めればますます相手の表情・**こころ**を受け入れることなく、頭の中、胸のうちが理解できない人間が増える。

なぜ、政治屋は利便性だけを望み、頭を使い、心を磨くことが面倒なのか。彼らはうわべだけで、深く考えることのできない集団なのか。

スマホは便利だが、子供の間でも会話が減り、外で遊ぶことができなくなる。授業に集中できなくなり、成績が下がる。スマホいじめなるものが起き、隠されたり、壊されたりする、と新聞の投書にあった。

オリンピック開催が決定した瞬間を思い出してみよう。

テレビで活躍する有名人がやってしまった。手振りを交えて「お・も・て・な・し」と得意になっていた。間違いではないが、本来日本人なら「おもいやり」とすべきだった。それが、世界に発信する「日本のこころ」、相手を思うこころだと思う。

今の日本人になんと多いことか。

「自分さえ良ければ他人のことなどどうでもいい」

……失敗はすべて他人のせいにする。

三　日本国はどこへ

隣国との関係は

このままでは日本の国は消滅してしまわないか。

隣国との関係は冷え込むばかり。直近の当事国と対話せず、周りの小国に圧力掛けの外遊（本当に遊びだ）なんて何にもならない。なぜ面と向かって話ができないのだろうか。本来の外交ができない連中だ。どうも外堀りを攻めて失敗することが多い。

政府は目標を失い、何を考えているか、自身が分かっていない。だからこそ、そこで日本人一人一人が政治家に任せず、（自ら）考えていく必要があるのではと問いかけたい。

今、初心に戻らないと取り返しがつかない。初心とは、脈々と日本人に受け継がれてきた、相手を想う心だ。その「互譲の精神」が失われてしまった。

人を大切にする**こころ**、相手の心を受け入れる**こころ**だ。

対話の大切さ……！　分かってほしい。格好つけることなく謙虚になるべきだ。

政治家、大臣になりたい人には語学を勉強させるべきだ。満足に隣国とも話し合いができないなんて、実に嘆かわしい。言葉の使い方も分からない。だから、対話のできない大臣の「――有識者とか専門家会議の意見を聞いて……」という逃げ口上を、いつも国民は聞かされる。人任せ。自分たちの勉強不足を責任転嫁しているに過ぎないのだ。

しかも専門家の意見を理解できない大臣も少なくない。

四　国民の思慮で世界の友好国になる日

隣国との友好

政治家はどうして隣国と友好的関係を持たない？　アメリカが動かないと何もできないのだろうか。国民のために本気になって考えて欲しい。

それなら、国民一人一人の意見が政府に届くように考えよう。そして一国だけに囚《とら》われることなく、全世界が友好国となる日を目指そうではないか。

自らの責任を、他人のせいにしない子供たちもいる。

筆者の孫娘が六歳になった頃、絵が上手に描けたり、ハサミなどをうまく使ってものを作ったりしていた。

そこで「どうしてそんなに上手くできるの」と聞くと、

「いつもババが教えてくれる。ママも手伝ってくれるからできたんだよ」と言う。

また、失敗して物を壊したりして「あちゃー」と言うと、

「自分が悪いから失敗したの」などと言う。

六歳の幼女が純粋な「硝子のこころ」を持ち続けていたことにほかならない（友好国の

醸成に必須の**硝子のこころ**)。

まさに、相田みつをさんの「おかげさま・身から出たさび」のこころだ。

孫娘も大きくなった。この年代の子供たち(小学五年~中学生)は、我々年寄りの話を真剣な眼差しで聞いてくれる。

だが、今の中年層、三十代、四十代はいっぱしの大人になったと勘違いしているせいか、年寄りの大切な経験談など、バカにして耳を傾けないのは少し危険である(だから、条件をインプットして終わり、という心のないデジタル化は危険なのだ)。頭を使って手を動かすことも必要である。

人間形成は経験による成長、感性、熟練者の真似をすることが大切だ。概して親を馬鹿にしてきた子もいるが、ちょっと考えて欲しい。

四十代の気骨ある政治家

東京のある区で講演会に出席した。

今日(今どき)の四十代と思っていたら、お二人の議員の話に心が震え、久しぶりに泣かされた。最近の政治家には珍しく力のこもった話は、明確で解《わか》りやすい講演であった。

この先生方は世の中のこと、国民のことを確実によく捉えている。特に現在の政治の裏側から見て状況判断を適確にしている。出席者ほとんどの人が頷《うなず》いていた。真剣そのもの、信念を持っての熱弁であった。

ここで大切なことは、国民のために働く、国民の代弁を必ずすると約束をしてくれたことだ。久しぶりに感動した。みんな是非応援しようよ。対話の政治――国民の声を必ず聴きながらの対話が必要なことを分かってほしい（自らの頭をソフトに！　だ）。

五　謝罪・責任を知らない

謝罪しない

恥とも思わないから、謝罪ができない。そんな人間でも記事になってしまうのだから、メディアも悪い。女性総理の誕生は遠いなどと言って恐らく自分で何を言ってるかも分からないだろう。（謝罪もできない）政治家の国会答弁もおかしいと、国民は思わなくてはいけない。

今後はそれ（疑問や意見）を伝え、国民の真実の声を集めよう。

河野太郎がいいことを言った。目安箱を設置・開放する。期待したい。

しかし菅《すが》総理の縦割り一一〇番はいただけない。また警察の番号。警察の電話番号だし、いかにも権力を笠に着る発言だ。

北海道の黄門様

北海道むかわ町（ノーベル化学賞受賞・鈴木章さんの出身地）という小さな町の八十歳の男性・山下秀臣さんは、もうこの政府は我慢できないと、三年以上毎日、安倍総理宛に直接ハガキを送った。なぜハガキだったのか。オープンだから目にとまると伺っていた。

しかし、安倍総理に渡るわけはなく、また仮に（側近が）見ても、日本語に疎い人間が気に留めることはなかったはずである。

二〇一八年、山下さんがハガキを送ったことを北海道新聞が取り上げた。残念ながら次の年、山下さんは亡くなった。本当に無念にも国民の声は届かなかった……。

このように安倍総理は人の文章、野党の質問にも理解を示さず、真面《まとも》な回答は一度でもあったろうか。日本語が理解できないのでは？　とまで思ってしまう。物事を深く考えることなく、いい加減に言葉を並べるだけで、国民は誰一人理解することができなかったのではないだろうか。胸打つような言葉は一切なかった。

「国民の声を聞く」「国民のためにですね」……軽口・口先だけではなかったか。

「いわばですね」「いわゆるですね」……の口癖が多く、嘘のつきっ放し。これほどまでしらを切った、心のない言葉を発信し続けた人間がいただろうか。

目を覚ませ。国民は七年八か月も騙され続けたことに気づけ。彼はただ、漫然と父の地盤を受け継いで議員になった三代目だ。初代、二代目と（代々の地盤を）継いだに過ぎない。

責任は十分に持っていなければならないのに、責任感どころか信念、理念の何もなく、どうやって日本国を、国民を守ろうとしていたのか。

この人間の血筋は悪くないいんだ。

無私の思い

父方の実の祖父、安倍寛《かん》は時の東條英機の軍閥に対抗し、戦争反対を唱え議員になった。気骨も信念もある素晴らしい人間であった。

そして地元の小学校の校舎が焼失した折、校舎の建て替えに私財をなげうって、復興に必要な木材を学校に納めたのだった。また、議員当選の折に村から祝い金として貰った（現在価値で）数千万の金も、村で使ってくれと返却するなど、全く金にも綺麗な人であった。

その小学校の校庭に祖父の胸像がある。晋三君はそれを見て、祖父に頭を下げたことはあるか。ないと思う。寛祖父と全く真逆な人間。自分さえ良ければいいのか。

今後、死んでいくまでそれ（私利私欲に走ったこと）を考え、国民に謝罪して生き続けることが君の責任だ。そして罪滅ぼしをすることを望む。寛さんの墓石（墓標）の前で誓うべきだ。

現在病気なんて嘘だと思うくらい元気だ。党内から密告（？）された、桜を見る会の領収証問題が出たが、他人（秘書）のせいにしている。これは命取りだ。昔から、秘書のせいにして生き残った人間はいない。昭和天皇を見習え。戦後、マッカーサーの前で「臣民に全く責任はない。全ての責任は朕にある」と仰った、そのお言葉、君達に分かるか。

六　災害復興工事と税金

裏金造りの温床

国が予算を明確にしないで発注するため、建設業者はたっぷり予算の他、下請け会社から協力金を募り、裏金造りを当たり前のように行う。したがって下請け会社は、当然実際の職人への支払いにその影響を及ぼす。だから「早く工事をするだけ」（ヤッツケ仕事に専念するだけ）で、仮設住宅がバラック化するのは当たり前なのだ。

迷惑しているのは被災した入居者たち。堪らない。解っていてもお咎《とが》めなしはなぜなのか。被災されている住民がどれだけ苦難に追い込まれていたか、そんな方々を横目に（せっせと）裏金集めとは。国民の税金を何と思っているのか。

また、国民はどうして腹立たしく思わないのか。皆さんもちょっと考えて欲しい。

災害復旧費で大手は儲かる

原因調査をしないから、日本の政府また地方自治体の公共建築物は、見た目は金がかかっているようにして（見せて）、納税者を騙し続けている。実際、中身は安普請で、仕上げはガタつきが多い。

心から国民のため、都民・市民のために設計する気骨のある建築家は少ない。

国・地方自治体の公共建築物

税金の無駄遣い、自分の金ではないので、懐が痛まない……だから？

少しは、納税者のことを考えているのだろうか。メディアも悪い。納税者に何の疑問も持たせないように、建物を絶賛するところを見せることが多いのだ。

再度言う。公共建築物は見た目と違い、納税者を騙すべく、中身は想像以上の安普請である。心から納税者の思いを込め、目的・理念を持って臨む、魂の建築家がどれだけいるだろう。

そうしないのは、次の指名参加から外されてしまうかも？　と考えるからかもしれない。自分の理念を通さないのだ。

言っておくが、都庁は丹下氏の設計だが、有楽町の第二庁舎が不評であった。内部は暗く迷路のようで、都民は迷惑をした。その設計者をなぜ再び、都が発注したのか。

それは調査・検証していないからだろう。外装は三階まで石貼り、上は吹き付け（これは最高の吹き付け。石粉であるから都民は騙された）。都知事室はテレビでも撮影されたほど凄《すご》いと思わせるものであった。

都の職員用オフィスは床がガタガタと騒がしい。天井裏はアスベストと雨漏りで職員は対応策に困っているはずである。

七 国・政府の圧力

信念

政治家も、はっきりモノを言う人はストレスがかかるのか、なぜか短命だ。テレビ界も、民放のキャスターが交代させられているのが少なくない。

政治のことを描いたジャーナリストで政治評論家の岩見隆夫さんは、二〇一二年に最後の本を出版し、二〇一四年に亡くなっている（享年七十八歳）。偶然とは思うが。

語り部は真実を伝えているのか。沖縄、広島、長崎の語り部の方々の言葉は、聞いている人々に真から哀しみ、残虐さを訴え、戦争の悲惨さの話に熱がこもる。

しかし、「絶対に戦争をやってはいけない」とは決して言わない。なぜか、いつも不思議に感じていた。

最近、新聞を見て理解した。東日本大震災時、原発被害を受けた方々の代表として、語り部が本当のことを言えない。責任の一環として「国、東電」と一言でも言おうものなら、確実に降ろされるのだ。それで、僕はようやく納得したのだ。

ついでに言っておくが、俳優でヤクザ映画などに出演の多かった菅原文太は、「俺が言うのもおかしいが、戦争は絶対にやってはいけない」と言っていた。彼が亡くなってから、(夫の遺志を継いで) 奥様が反戦運動を行っている。

高倉健も亡くなる前に、礼儀正しい、あの直立不動の姿勢で、静かに太い声で「戦争は絶対いけない」と言っていた。戦争絶対反対者が亡くなって、非常に淋しい。

安倍晋三さんよ。貴方《あなた》はしっかりした信念を持たない。なぜ、立派な気骨ある反戦を唱えた (本当の政治家) 祖父・安倍寛 (の遺志) を引き継がなかったのか。それは三代目で、のほほんと生きてきたからではないのか。三代目ボンボンの証《あかし》である。

常にタカ派の岸信介を祖父と慕い、何も考えないから……。自民党の金持ち、実力者たちがひしめく集団に入るには好都合の人間だった。だからこそ長く総理 (という役職) に縛りつけられたと言っても過言ではない。

国民は騙され続けた。他に適任者がいないからと支持率を保った。NHKの調査も、いつもおかしい。国・政府寄りなのは明らかだ。内閣支持率のところなど、「他にないから……」という回答は賛成ではなく、反対ということなのだ。国民を馬鹿にしているアンケートだ。

つい最近、ＮＨＫの報道番組人気キャスターが、何を言ったか知らないが、二人降ろされ、一人は左遷されてしまった。なぜなのか（総務省の審議官から電話があったらしい）。

国民のことを思うより、私腹を肥やし、派閥を拡大し、権威を手に入れようとする政治家。そのような環境の中で、彼は岸信介を祖父と言って、中途半端なタカ派の人間になる。

岸は米国寄りで、一九六〇年六月十五日、安保争議で時の女子大生（東大生）樺美智子さん（二十二歳）を殺したも同然で、条約を批准した張本人である。

国会議事堂前でデモ隊を鎮圧するために機動隊が出動し、デモ隊と衝突。その中で彼女は圧死した。

安倍寛と違って岸信介は、陰の実力者と言える顔つき。今の実力者と似ているところがある。その実力者とは、集金力があり、その人間（相手）に本当のことが言えない（にもかかわらず）、だんだん態度が大きくなる。

ここで、田中角栄と比べてみよう。彼は選挙になると派閥の人間に、軍資金として一〇〇〇万円ずつ渡したという。金は綺麗かどうか色分けできないが、集金力の賜《たまもの》で、有り余る金を目の前で堂々と配っていたようだ（隠すことなく、明確にしていたのに違いない）。

安倍元総理は自分のタイプかどうかは分からないが、河井案里氏に一億五〇〇〇万円を渡した事実がある。

安倍の戦争好きは本当か

彼はそれほど、真剣味はない。何でもボーッと「いわば」「いわゆる」「〜です」こんな言葉しか言わない。貴方にとってはどうでもいいかもしれないことを、国民は本当に心配している。

原爆の式典において、小学六年生は揃って「反戦」を訴えている。また良識ある、最も被害を被った被爆者は、核兵器廃絶を常に訴えている。

このような国民の願いが届くことはなく、広島・長崎の式典に出席しても、被災者の心を逆撫でする挨拶をして地元民を怒らせたのである。安倍元総理に日本国を、国民を守る気など毛頭なかったのである。その状況でも憲法改悪、第九条に自衛隊を付記し、国防軍として海外に派遣できることを目指したのだ。祖父の寛氏と違い、戦争が好きなのだと言っても過言ではない。実のところは、九条も解っていないのかもしれない。君の好きな祖父の時代に出来、平和憲法に喜びを感じた人は多くいる。

前《さき》の天皇の最後のお言葉を思い出してほしいものだ。本当に国民のことを考えているお言葉だった。

君ら口先だけの「国民のため」とか「中小企業を守る」とか、「責任は私にある」、「断腸の思い」とか……、よく意味を分からずに御託を並べている人間とは違う。

国民の象徴として「まだ志半ば」と仰ったお気持ちを分かって欲しい。

八　演説──国民の心に訴えるものがない

演説の中身がない

「いわば、いわゆる、ですね」と連発するだけで、何を言いたいのか、聞いている国民の心に伝わらないのだ。中曾根、小泉もそうだったが、語尾だけ「……です。あります。ございます」と大きな声で強調する。（内容に）自信がない証拠だろう。ただ、アベノミクスとか訳の分からない言葉のあやで自己満足していただけだ。

国民の皆様に聞きたい。この七年八ヶ月、本当にいいことがあっただろうか。

無意味外交

トランプがアメリカファーストと言って強引な外交を行っていた。

君（安倍元総理）が一番アメリカファーストに加担していたのだろう。米国の発言に逆らえず、日本も相当負担させられている。毎年、政治家も官僚も超大型予算を収支も考えずに行う。日本のための予算ではないだろう。

赤字国債は誰が支払うのだ。本当に考えて欲しい。君らは辞めてしまえば関係ない。だからトランプから言われた通り、軍事費を拡大し、戦闘機を購入し、喜ばれているに過ぎない。

辺野古も貴方（安倍元総理）が悪い。予算が何倍になろうと関係ないのだ。調査ミスを認めて即刻中止すべきだ。謝罪・反省・責任……何にもしない。人間としてどう評価すべきか、辺野古の基地が完成したら、ファースト米国が本気で日本を守ってくれると思うか、安保があるから大丈夫と思っている人は少なくないが、本当にそうだろうか。

税金でゴルフ

ゴルフ外交と言って、トランプとゴルフをやっていたが、これがゴルフかという事件が起きていた。

総理がバンカーに入る。トランプはグリーン上だ。直前の競技者の打つ方向に立ってはいけないはずなのに（マナー違反）。

そしてバンカーショットはホームラン。「しまった」と思った途端、グリーン上のトランプがナイスキャッチ。それをカップイン、「ＯＫ」と叫んだ（ルール違反）。

打った本人は慌てて、そのままアゴのある高い方に駆け上がろうとして、ものの見事に一回転。ひっくり返ってバンカーに逆戻り。哀れな姿である（マナー違反）。

こんなぶざまな姿を中村寅吉先生が見たら、即刻退場させられたことだろう。世界に知れ渡ってしまった。恥ずかしい。「ゴルフ外交」などと二度と言わないでほしい。

昔の政治家、真の最後の政治家

ここで池田勇人のことを書き留めておきたい。彼が総理になった時の公約は「所得倍増論」だった。国民は働く意欲を持って動き、その時の経済成長は目覚ましいものがあった。もう一つは暴言（が特徴だった）と思った国民も少なくなかった。「貧乏人は麦を食え」と発言した。国民は反発し、米を食う努力をした時代だ。彼は言い出した以上、毎朝麦を食した。

また総理時代、君たち（安倍元総理たち）の好きな赤坂に一歩も足を踏み入れていない。ゴルフも一度もやってない。国民の血税を無駄にするな！……ということだ。

今の政治家にその意味が分かるか。

そして池田総理は亡くなる前にお嬢様に「大事なことだ」と伝えたそうだ。「沼さんが逝って日本の政治が終わった」――沼さんとは、当時の政敵、日本社会党委員長、浅沼稲次郎だ。人間機関車と言われ、国民、市民、農民、民《たみ》のために走り回った。本来の政治家と言える。池田も認めていた一人だった。

前述したように、一九六〇年十月十二日十六時頃、日比谷公会堂に於いて池田、浅沼、西尾の三党党首の立会演説会があった。真剣な討論の最中に浅沼が壇上に立ち、少しの間、演説を続けた。間もなく暴漢、十七歳の山口少年に一突きで殺られたのである。国民は哀しみ、残念がった。

僕は高校一年生で、その演説会をラジオで一部始終を聴いていた。浅沼はいつもは野太い、迫力のある声であるが、その日の「池田君は〜」という甲高い声は今も鮮やかに僕の耳から離れず、涙が滲む。

当時は国会でも立会演説会でも真剣勝負、本心をぶつけ合う政治家たちばかりだった。（だから）高校生にとっても興味の持てる政治であったのだ。

その点、今の国会はつまらない。本心をぶつけ合うことなく、政府側は逃げの一手、幼稚そのものだ。未熟な小学校の児童会や中学の生徒会のようなもの。いや、それより遥かに劣る。

九　本当に国会がつまらない

つまらない国会

野党の質問に答えるべき「自分の考え」が全くないのだ。後ろを何度も振り返り、官僚の答えを待っている。真面《まとも》に質問に答えられない。それを突っ込まない野党もだらしない。追及が生ぬるい。実につまらない。

安倍晋三は小泉純一郎の教えを貫いている。

「安倍君。質問にはストレートに答えてはいけない。全く関係のない話を長々とすればいい。（そうすれば）質問者はイライラする。『そんな話は聞いていない』と怒り出す。（そうして）押し問答の末、時間が来てしまうだろう」と。

「決して質問に答えてはいけない」……。だから七年以上もノラリクラリとかわすことができたのだ。「いわば」「いわゆる」と言葉を続け、最後の語尾だけ強く言うのだ。「です」「であります」と。

気のない、口から出任せの発言。国家の代表としての責任感は皆目ない。「国民のことを思っている」……嘘つけ。何も考えていないくせに。具体案を示したり、細かく説明したことがあるだろうか。国民に分からないではなく、自らも分からないに違いない。

（このように）情けない人間を長く総理の席に座らせ続けたのは、都合の良い人間だったからだ。陰の実力者の思い通りだ。自分が危うくなった時、安倍を退陣に追いやり、また操り人形を引っ張り出す。必ずそうなるはずだ。いい加減にしろ。国民はお見通しなんだよ。

実は六月には菅総理が決まっていたらしい。

ＮＨＫのドラマ、「中学生日記」の出演者の真剣味が胸を打つ。安倍元総理も同じ過ちをおかすことのないように気がついてほしいものだ。

全く刺激のない国民、特に若者の戦意を煽《あお》るような発言はやめてもらいたい。

天皇のお言葉

日本国の象徴として最も重いお言葉。

「平成の時代に戦争がなかったことに安堵《ど》しています」

我々年配者はほとんど泣いた。日本は第九条がある限り戦争はなく、平和に過ごせることを心しなければならない。

一九四一年の春まで、近衛文麿《このえふみまろ》総理は、日本が大国アメリカに勝つわけがないと外交交渉を進め、日ソ中立条約を四月に調印。米国との調整も進まず、日本に対する石油等出荷停止など圧力がかかってきた。八月には近衛・ルーズベルト会談も拒否された。近衛は戦争反対だったはず。しかし……。どうして平和の旗を掲げる人間たちは軍旗に勝てなかったのだろう。

十月、東條英機内閣が成立、陸相・内相兼務。長期に渡る戦争は不可能であると言う山本五十六《いそろく》や永野修身《おさみ》らの幹部に耳を貸さない人間・東條であった。

そして十二月八日、大陸から見て針の孔《あな》ほどの真珠湾を攻撃したのが、地獄の始まりである。山本五十六が長期戦は無理であると言っても、時の東條の強引さを説得することはできなかった。

だが、やはり米国の空母はそこに一隻もなく、米国に謀られたのだ。その結果、連合軍に参加する格好の機会（材料）を与えてしまった。

一九四五年二月十四日、偶然にも僕が生まれた日。近衛文麿が敗戦必至であると、御前会議に上奏文を提出したが、とうとう東條（の妨げ）によって、天皇の目に触れることがなかった。一人の傲慢な人間によって、日本が滅亡させられたのである。

天皇の目に触れたなら、即戦《いくさ》が終わり、東京大空襲も沖縄戦も広島・長崎の悲惨な原爆もなかった。日本の姿は全く違っていたに違いない。

政治家の皆さんは多数で押し通す。誤民主主義ではなく、広く、皆、国民の意見を聞くことを心してほしい。そこまで考えてなお、自衛隊員の首を米国に差し出したいのか。日本の予算（赤字を知る）では、どんなに防衛費、軍事費を増やそうと、隣国には勝てっこない。それより日本は九条がある。全世界に不戦宣告をし、各国と対話外交をすべきではないか。

代議士は資金集めより、語学などの猛勉強が必要になる。

以前、二階グループは日本の強靭《じん》化を唱えていたが、軍備を強めることなく、頭の強靭化を進め、対話外交の充実を図ってもらいたい。

この時こそ、コンピューターの活躍が解決するのでは。戦うことではなく、対話だ。

十　無学な政治家

勉強しない政治家は国を亡ぼす。今の日本の政治家に頭を使ってもらわないと大変なことになる。

まず国語だ。漢字を読めない、書けない。だから意味が解らない。馴れ合い主義（どうでもいいや――という若者の多いこと）も心配だ。自分だけ考えても世の中、どうにもならないって。そんな冷めた感情、いいわけない。

安倍元総理は国民のこと、国民のためにと口ばかりで、何も考えずに他人（国民）の意見は全く聞かなかったのだ。

ただ一人の実権者の話だけは聞くしかなく、（かの人を）実力者と勘違いしてついて行った。逆らうことができない。自分の妻にも何の意見も言えないどころか、夫婦でも相手の行動を把握していないから、森友、加計、桜（を見る会）問題に答えることができなかったのだ。

もう一度言う。貴方の祖父・寛氏は大勢に反旗を掲げ、反戦を唱えた三人（三木、尾崎と共に）で堂々と議員になっているのだ。気骨ある信念の人である。貴方はその血を引いているのだ。九条に自衛隊を付記するなどやめて、平和的、友好的に考えを改めなさい。

また総理をやりたそうだが、今の党内には味方は少ない。

次は政治家の大好きな言葉、意味不明の言葉——政治家がよく使う可笑しい日本語。

説明責任

説明責任を果たす、果たさないという逃げ口上。これは人のせいにする、自分のこととして思わない、無責任を罷《まか》り通す。本来、君は説明する責任がある。そして、どのように責任を取るのかと責め立てられることから、逃れられないのだ。

想定外

これも他人事である。災害時に、役所、気象庁の発表で「気象庁始まって以来の、想定外の大雨、あるいは土砂崩壊があった」と。

他人事のように責任ある態度を示さない。予想外として、自ら予想しなかった、計算外であり、必ず「申し訳ない」と謝ることが多かった。その後昔の人は責任を取った。

建設省時代はダム、河川、崖など絶えずチェックしていた。林業は間伐をしっかり行い、山崩れの原因にならないようにして、必ずと言っていいほど監視体制も明確で、絶えずあらゆる予想を立て、注意を怠らなかった。今回の足利市の山火事、自衛隊が早期出動でボヤで終わったはずが、なぜほとんど燃やし尽くしたのか、疑いたくなる。

最近第一次産業（農業、漁業、林業など）の働き手が少なくなってきた。そのように大事なところに予算を使わず、無駄なところで赤字国債。おかしいと思わないか。

それでも金の力で民間の大企業が無理な開発をする。そんなデベロッパーが出てきた。

昔、藤沢に片瀬山という小高い山があった。そこを開発した時に、ほとんどの樹木を伐採して宅地造成したのだ。その後、まだ家も少なかった頃だ。下水設備が間に合っていなかった頃、台風が来て、山から四、五キロ離れたスーパー、デパートの地下が浸水し、陥没してしまった。

つまり、これは計画そのものの失敗であった。

また四、五年前、広島のある町で崖が崩れ、何人か亡くなった。民間の開発業者が無造作に自然の山を削って宅地分譲したところだった。この崖崩れは予想できたはずだ。

ここで「想定外」と言って片付けてはいけない。責任は開発業者と県にある。

行政と金の力――このように金の力で企業の思い通りにさせてしまうのは行政が悪い。金さえ使えば役人は騙せる。こんな世の中だから日本人気質がなくなって行く。もっと国民のことを考える、安全を考える政治家、行政であったなら災害は減る。

災害時の避難所を整備し、認定する。これについて全く対応できない政治家、そして行政。危機感がない。未来の子供たち（大切な子）に対する愛情が全く見えない政治家は、この国の将来・国民をどのようにしようとしているのか。

（ビジョンを）言い切る政治家は、今は全くいない。誰一人、真剣に考えていない。なぜなら、（その証拠に）具体策が一つも出てこないからだ。今のように時代が移り変わっても、政治家は全く勉強せず、何かを考えるような頭を持ち合わせていないのだ。

ただ、選挙の支持票と自分に集まる金のことにしか興味がない。中には素晴らしい気遣いをする、謙虚でしっかりした考えを持っている政治家も知ってはいるが。

ただ漫然と地盤を引き継いで成り上がった代議士には、責任も信念も理念も覚悟も持っている人間は少ない。

ただボーッと生きているような、締まらない顔。それらを国民は忘れないでほしい。選挙の時に忘れがちな、その人物の本質を見て投票しよう。こんな馬鹿げた、私利私欲のためだけの政治屋に国を任せられるか。

政治評論家、岩見隆夫さんは「政治家だけに日本をまかせるな」と言い残して、残念ながら亡くなった。

十一　多数決の民主主義——今の政治家、自民党

ただ意味なく御託を並べて恥の上塗りはやめてもらいたい。米国と二階のご機嫌取りだけなんて、もういい加減にして欲しい。

心ない政治、国民に目を向けない政治、自らの失策を、失敗を説明できず永遠に葬り去る政治。責任を取るという意味を全く知らない集団、そんな人間たちに日本の政治は任せられない。

国民の一人が声を出しても何も変わらない。少なからず、事なかれ主義、馴れ合い主義になってしまったのは、なんと嘆かわしいことか。そこで総理以下、政治家の幹部は、国民が政治に参加しないのを良いことに、勝手気ままに国会も開かず、税金泥棒をしているのだ。

今だからこそ、良識があり、国民や日本のために正直に真実を曝《さら》け出す、青い空（あるいはブルーオーシャン）を目指す若い政治家が必ず出てくるはずだ。そろそろ国民一人一人が目を覚まし、考える時だ。未来の子供たちに愛をささげる心を持って、一致団結したなら強い力となるはず。これが日本を救う唯一の道になるはずである。国民も一緒になって戦おう。

首相の交代ではなく、後退——が正しい。

九月を待たず、良いことにメディアが「（首相の）体が異常ゆえ、内閣がもたない。肚《はら》には黒い物体？」などと言うものだから、これ幸いに病のせいで辞職した。森、加計、桜、いろんな問題を残して。全く責任という言葉も知らないから、責任は（やはり）取らなかった。

国民のための政治はできない。それを考えたら眠っている時に、（総理時代）よく寝覚めができるものだ、よほど図々しいか、頭の中が空っぽなんだなあと思ったもんだ。

次の菅が、本当に総理になりたいなら、安倍と二階の関係をもっとスムーズに、そしてスマートにやったらどうだったろう。菅は（このタイミングでは）やりたくはなかったはず。一人の実権者が「今でないと君の目はない。僕が押せば間違いない」と。

総裁選のやり方を二階に一任した自民党の諸君！　おかしくないのか。年寄りはみんなボケている。口角上げて背筋を伸ばしているのは河野太郎一人だけではないか。

菅は何でこんなになってしまったのだろう。自助、共助、公助？　自民を助け、菅自身を助け……。全て身の安全を考えた言葉。

国はまた馬鹿なことを考えている。「デジタル庁」と言うらしい。

ますます人と人のつながりが遠のく。相手を想う心を考えない自分勝手な人が増えてしまった。一方で絆《きずな》と言ってみたりする。こんな人間たち（日本政府の政治屋）に任せてはおけない、という理由はそこにある。

口から出任せ、言葉の真意を質《ただ》さない人間の多いところに――こころとこころの触れ合いなんてない。襟を正すと言って、口先だけじゃないか。

偉ぶって使う好きな言葉、苦渋の決断――なぜ、どうするかが全くなし。断腸の思い――なぜ、今後はなし。説明責任――説明する責任があるのに他人にすり替えるな。想定外――他人事、予想外は申し訳ないと謝るのだが。最近の政治は他人事。誰一人、真剣みのある大臣はいない。国民に目を向け、心を開いて話せる人間はいない。

本当に国民のために働く気があるのか。君たちの動き（取るべき行動）は国民の血税を守る義務があるのだ。また無駄にしてしまうのか（気がつけ！　反省して欲しい）。

十二　ようやく青空が見えて来た

辞職した安倍総理は、嘘をつくこと、出鱈目《でたらめ》なこと（をする）、一般国民を騙し、怒らせること、全く責任を取らないこと、言葉も上の空、心の底から自らの話ができなかったことに、きっと疲れたんだ。

国会を開いて、せめて自らの責任を取って辞職したなら、国民も少しは気が晴れただろうに。最後まで駄目人間で終わってしまった。今後ますます気の抜けた人間が目につくことになるのだろう。

さあ、次の時代だ！　といっても（決して）明るくならない。菅官房長官が、「最初で最後のチャンスだよ」と促され、陰の実力者の後ろ盾で総裁・総理になるだろう（既になっているが、六月頃に内定していたらしい）。

相変わらず陰の実力者の影響と言うより、彼に意見を言える人間が今の自民党に全くいないのだ。それは言ってみれば、人望があるかより資金源だからか。

菅は苦労人と言われているらしい。秋田の資産家農家の長男。農業を継ぎたくないばかりに、集団就職の列車に紛れ込んで、東京に逃げて来た。これも責任感のない人間としか見ることができないのだが。演説も口をしっかり開けて、ハッキリものを言えない。喋《しゃべ》り方まで安倍を継承するのか。

ここで残念な記事が、九月二十九日の朝日新聞パブリックエディターに載った。「七十一パーセントの国民が評価する」と。実に唖然《あぜん》とする。国民が真剣に自分のことを考えてのことなのだろうか。心配になってきた。

十三　不安な船出

菅内閣は安倍内閣を継承する。降って湧いたような内閣だから。ゆえに構想などあろうはずがない。

昔の官房長官といえば内閣の要《かなめ》。総理を指示することもあったものだが、自信なく、棒読みはいただけない。何の準備もしていない。官房長官時代も長い無意味な政権に携わっていたのだ。全く罪の意識もない。だから継承と言うしかない。

新しい内閣の顔ぶれを見ても、やる気、意欲が見えない。それにあまり嬉《うれ》しそうな顔もなぜか見えない。ボーッとした時間稼ぎだけで、十分審議したと言い、多数決でゴリ押しするのはもうやめてもらいたい。右に倣えの党には期待できない。

「心と対話」で解決することだ。今の自民党の中で真面目に話し合いのできる人間は、そして国民のことを考えているかなと思うのは石破さんしかいない。関係国と真実の心をもって、十分に相手と対話できることが隣国との関係を友好的にする。今まではお互いに好き勝手なことを言って、関係を悪化させているだけだった。

菅総理は安倍の問題点（森、加計、桜）の質問を受けると、必ず（と言っていいほど）、今は「コロナの問題を第一に考えているので」と逃げてしまう。では、貴方はコロナについて具体的に何をやろうとしているのだ。自ら国民に分かるように説明する責任がある。国民が願っていることを、そして約束事を先々破るのは貴方たちだ。

十月二十五日の時点で、貴方はいまだに施政方針演説を実施せず、国民に分かる説明をしていなかった。ただ若者の人気取りで携帯電話料金の引き下げや不妊治療の保険適用などと打ち上げたが、これらには莫大な税金が使われることになる。得意になっているが、絶対に、少子化社会の具体策を考えるのが先ではないか。

若者（特に男性）の結婚願望が少ないのはなぜか。若いうちに結婚できる世の中（の仕組み）が大切だと思うが。

働き方改革を進めたのはいいが、結局大企業を優先したため、若者が働きたくても働けないし、収入も増えない。（こんな社会）考え直すべきだ。不妊治療も大切だが、もっと考えるべきところがあるのではないか。

中曾根元総理の告別式に一億九〇〇〇万円の費用をかけたという。若い人の結婚式費用が一組五十万円だとすれば、約四〇〇組の式が挙げられるではないか。将来、若い夫婦に子供が何人出来るであろうか。これは一例だが、国が（自民党の盛大な告別式のような）無駄遣いをやめて、その金を拾い集めて有意義に使うことを考えるべきなのだ。是非若い者のために実行してほしいものだ。

見返りを求めないふるさと納税。地方は有意義に使ってもらいたい。地方の子供たちのために納税する方は節税になっているので、地方のニュースを送ってもらうだけで幸せになるはずである。

心の底から話ができること

話せば分かる。急がば回れ。自民党の連中は、その言葉を忘れていると思う。時は金なり……だそうだ。オンラインでの授業（学校）、職場（企業）もコロナの時代では必要だが、何日かに一度は顔を見せないと、本心（本音）は分からないものだ。

今回のデジタル担当大臣だって、そうデジタルに強そうでもない。ますます相手を想う

「互譲の精神」が失われて、殺伐としてしまうのは明らかだ。どうして頭を働かせないのだ。体を動かせない人々を造ってしまうことが解らないのか。

もうすでに小・中学生の中には、スマホの問題を提起し、新聞などに投稿している子がいる。こんな子供たちが増えることを祈る。

安倍政権は誤魔化し内閣だった。腹を割って、腰を据えて考えたことはなく、ただ数の力で押し通しただけだ。

十四　野党のチャンス

菅総理は陰の実力者の作った総理である。何の理念も信念もないから、大失態の安倍を引き継ぐとしか言いようがない。引き継ぐのだったら（逆に）攻めやすい。

今はフリーなので自由に発言できる橋下元知事（市長）がよく言っていた。

「野党の副案は必ず潰される。今後は政府の案のいいとこ取り、上前をはねる。僕もいつも若き我が党が行った自慢をするより、反対できない上前案を提出する。そうしたなら国民の支持は大きくなっていた」

まず森友、加計、桜。さらに検事総長に押した人による賭け麻雀問題。そして案里の選挙資金一億五〇〇〇万の無駄遣い（元は我々の血税）、これらの犯罪を招いた。

ここで大事なことは、野党同士が同じ質問をしないで、各党がダブらないよう調整し、時間の無駄を省くことだ。しっかり国民のことを意識して質問をすることだ。菅は口数も少なく、すぐに（感情が）顔に出る方だから、「ここぞ」という時に連係プレーで攻めることではないか。安倍のようにいい加減な発言をさせず、決して逃がさないつもりで質問してほしい。結論を出すまで食い下がる姿勢を望む。

必ず最後は、「国民の皆様――総理、政府の考えていること、実情はこうだ」と、テレビに向かって顔を出すことによって、その顔の雰囲気を見て国民は納得するはずだ。

落合先生ら若手議員に期待。その奥に光が

最近、四十代の二人の代議士の講演を聞いた。久しぶりに若い血潮に感心し、感動して帰途に就いた。

四十代の人間はデジタル化し、心がなく、人任せで、何でも人のせいにする人間が少なくないと半分諦めていた。しかし、中には打てば響くような若者もいるんだなあと感心した。落合貴之先生は、「地盤・看板・鞄」という三つの「バン」がない区で、都民と膝を突き合わせ、支持者を自身で集め、当選した。自ら国民の声を聞き、国民、市民の代表であると約束をしてくれた、若手の希望の星である。

小川淳也先生は身じろぎせず、歯切れのよい演説で国民を惹きつける。

二〇二一年一月の予算委員会で質問に立った時、総理への質問には相手に目をそらさせず、目と目をしっかり合わせ、的確だった。したがって他の大臣が出る幕もなく、総理の口から答えさせる。見事であった。

質問時間を有意義に使う、素晴らしい若手政治家である。自分の意見をしっかり言える政治家が増えてくると、日本にも光が見えてくる。

十五　野党の責任

自民党は責任を取らない。説明もできない。予想もできない。できるのは金と多数でのゴリ押しである。幼稚な法案？　スローガン……。

1．美しい国を創ろう（小学生日記か）

2．アベノミクス、三本の矢（毛利元就の教えのように強靭化しない、三本とも具体案なし。メディアも乗ってしまうから困るが全く三本でも一本より弱い）

3．予算はいい加減

——防衛費（いくら使ってもキリがない。米国商人の言いつけ通り。将来の子供たちに少し回せよ）

——公共事業費（チェック機能がないから無駄も多く、大企業の餌食。自分の懐は温

かくなるかも）

——地球温暖化阻止（具体案ほとんどなし。太陽光の売電価格を、少なくとも元に戻すべき）

——菅、不妊治療保険適用（若者が異性に健全に興味を持てる世の中に。今は、パソコン、スマホと付き合っている。結婚式は国が援助し、子供手当を確立すべき。ふるさと納税は、新生児に寄付）

これから野党は国民に具体案をどんどん提示し、国民と共に考える政党にならないと、自民党（金権政治）には勝てない。

十六　国民の発信が日本を救う

若い人が働く意欲を持つ社会に

仕事をやればやるほど収入が増える。やる気を起こさせる。そういう企業に助成するなど、若いうちに結婚できる世の中を造るべきだ。デジタル人間は頭を使わない。異性に愛情を注がない。現代は結婚適齢期がなくなった。もう一度昔の若者時代を造ることだ。力の漲《みなぎ》る若い奴ら——実現できるはずだ。集まって飲みながら勉強になる。

昔、加藤シヅエさん（日本の婦人解放運動家・政治家）が九十二歳の時に言っていた。

「若者を駄目にした責任は緑風会（ご主人は日本社会党衆議院議員。ご自分も議員になってグループを作り、女性蔑視の世界を廃止し、男女同権を唱えた）。女性が強くなり、男性が元気をなくしてしまったともいえるかなあ」と仰っていた、と。逆男女同権になった。

具体化しない原発ゼロ

「原発ゼロに」と言う人間が意外と多いが、国民は何をすべきか（政府の回答を）待っている。太陽光発電の買い取りだって、安倍政権で東京電力擁護の買取価格四分の一への引き下げを実施した。そんな政府ですよ（半ば諦め……）。

もっと国民のために心してほしい。今の内閣では期待できない。

今頃になって小泉元総理は推奨した原発は間違いだったと言って謝罪もなく、原発を0にとあちこちで発言している。国民の多くは同じ思いでいるが具体的な話は何も出来ないから信用が全くない。

「純ちゃんは口先だけ」と言われ信頼する人間は少ない。

0（ゼロ）になる国民の切なる願い

国は何をやるべきか。まず消費税をゼロにすることだ。

消費税は国民に平均化して税を納める仕組みだと言うが、これ、真っ赤な嘘である。所得の高低にかかわらずすべて均一に取る。だから高所得者が得をする。格差がどんどん広がるわけだ。

消費税を0にして、昔ながらの物品税または飲食税などで賄えば税収は多くなる。大企業の優遇措置を廃止する。政府が常に税金を無駄に使わなければ簡単に可能になるのだ。大企業に対する優遇。例えば東電を政府が保護し、太陽光の売電が八・五円～四・七円、二・六円と（結果的に）庶民から吸い上げる（これでは不平等極まりないではないか）。

働きたい、腕を上げたい人間、若者たちに効率よく働かせよ。もちろん、そのような企業には補助をする。さすれば生産量が上がること間違いなし。

働き方改革

政府は、具体案を出さないから大間違いである。これは企業の経費を抑えるために、大企業と政府の密約の結果のようなものである。

強制されない働きにこそ喜びあり……である。苦痛を感じることなく、若者を働かせよう。確実に効率が上がるはずだ。自信がつく若者が増え、少子化社会に良い影響を及ぼすだろう。

祝日を以前のように、キッチリ決める。何も連休を無理につくり、あちこちで渋滞を招くことはない。連休になったせいでお金がなくなり、家族旅行のできない男親は迷惑したことだろうと思う。

赤字国債にストップをかけよう。残業手当は家族の犠牲あってのこと。未来の子供たちのために、米国追随の防衛費を削減すれば、税金の無駄が減る。

国土交通省は元の建設省に戻す

予算を明確にしよう。

前の災害復旧費で、金儲け主義の大企業を優遇する（こんなことでいいの？）。

おまけに裏金作りを認めているのはなぜ？

CO_2削減を真剣に考えていない国——これでいいの？

造成する宅地五、六軒の中心に井戸を設ける。もちろん、広範囲に水源の質は調査したあとである。井戸水、地下水はほぼ一定水温。それを利用して、屋根から降らせて住宅を冷やす。その水を敷地内に溜め、敷地内全体を気化熱で冷やす。常に打水効果だ。冬は一定の井戸水で湿度を上げ、暖かく感じる。エアコンを極力使わない。筆者はすでに設計した。太陽光の売電価格を元に戻せば設置者は増えると思う。

災害が起きた折に仮設住宅を考えるが、被災者が不満を持つようなものは建てないことだ。災害の来る前に安全で安心できる避難所を建てるのが先決だ。地区会館や公民館をしっかり建てて、その強固な避難所に誘導することだ。

十七　日本人、まだ捨てたものではない

追い詰められ、苦しい時、まだまだ復活の望みが持てる、そんな子供たちに期待したい。

一九五〇年前後生まれの発育盛りの子供たちは、食べるものも満足になく、栄養失調から膿胸になり、命を落とす幼児も少なくなかった。筆者もその一人で、三歳の時に膿胸に罹《かか》り、父母は死を覚悟したという。

その後、三か月間の看病の結果、退院した。しかし、虚弱体質は心にも影響し、弱い幼児時代であった。

そして少年時代、市場には満足に物もない。子供たちはみんな遊びながら、自分たちで工夫をしておもちゃ、ゲーム（野球、相撲、パターゴルフ等）を造った。楽しい遊び（道具）で暗くなるまで遊んだものだ。小さい声で言うが、四年生の時、麻雀の牌《パイ》や花札も手作りした（家は貧乏だったから、すべて自分で作るんだ）。

当時を振り返ると、七十代の我々は物や金のない時代を懐かしく思う。今よりずっと貧乏であったことが、逆に幸せだったことを想い出す。

物がない。親は金銭的な余裕などなく、誰も必死になって働いていた。子供達は不満な

ど考えているゆとりがあるわけがない。

だから子供たちは、自分たちで工夫し、遊び道具を作った。それを考える毎日も楽しかったなと思う。

その点、今の子供たちは心配。いつもサンタクロースが背後にいる。スマホだけでなく自分の頭を使って気立ての良い子になってほしい。

しかし、当時の常識は今、非常識と言うらしい。今の若者は、「時代が違う」と我々を一蹴する。

とっておきの美哀のはなし

こんな涙の滲むドラマもある。

戦後間もない頃、米国の要人がボロボロの七歳の少年に靴を磨いてもらった。

「お腹空いてる?」と聞くと「はい」と返事をしたので、料金の他にバタークリームを塗ったパンをお礼に渡すと、その少年はそのまま新聞紙にパンを包んだだけだった。その紳士は食べるようにとあげたのに。

「どうして食べないの?」と聞いた。

するとその子は、戦災で両親を失った家には、三歳の妹（マリ子という）が一人で待っている。

「妹のために持って帰ります」……なんと切ない美しい話だと米国人は感銘を受けた。

もう一つは三・一一の震災後、寒そうにしていた少年に、取材に来ていたベトナム人の記者がインタビューをした。

その時寒そうにしていた少年にジャンパーを着せ、バナナを差し出した。その少年は食べることなく、共同の食糧置き場に一目散に走っていって置いてきたらしい。

それを目の当たりにした記者は、国へ帰って話した。すると八〇〇〇万円の寄付が集まり、「バナナの子に渡してください」と送金して来た人もいたという。

このように戦災や災害に遭った少年の行為を考えた時、日本はまだ復興に向かえることを確信した。間違いないと思うのだ。

どんなに貧しく災害に打ちのめされても（くじけない）、素晴らしい子供たちがいることに、涙を覚えない人間がいるだろうか。

被災者をしり目に、国が発注した企業は、人々の涙を、血税を食い物にする。「こころ」なく、裏金作りに励んだヤツがいることを忘れないでほしい。

そんなことが問題にならないのはおかしい。

第二章　政治家（屋）と建設業

一　贈収賄事件の温床

昔は贈収賄事件が起こりやすく、発覚もしやすい傾向にあった。事件が表沙汰になり、建築業界からも政治家からも逮捕者が多く出た。

その頃、埼玉県選出の元建設大臣は、二代目の中でも潔く罪を認め、逮捕された。自分の罪は明確にし、刑期を終えて出所した。この時、自民党は何ら援助せず、彼は無所属から立ち、衆議院議員に連続当選している。

自民党は明確な人間（はっきりモノを言う人間）、殊に党に反感を持つ人は平気で見放すことが少なくない。それで、彼はとうとう他党に所属した。（自民党）内部を一番よく分かっている人だから、大いに期待したい。

最近は手の込んだ遣り口が多いのと、お互いに損になるような発言は控えるものだ。また自身は知らなかったとしらを切るし、変に口の重い狡猾議員が多いのだ。あるいはなぜか、検察の調査にも厳しさがない。国民から見て必ずしも公平とは言えない。

このように現在の政治家、二代目、三代目と言われる議員は漠然と議員になった。表情は薄いし、テレビに映っても意気、覇気を感じない。口の動きが悪く、歯切れが悪い。

政治家には、正しい日本語を本気で勉強してもらいたい。

説明責任（責任を取るという動詞を名詞にし、責任転嫁している）とか想定外（後の結果のみを言い、責任を取らない）など。予想、仮定は大切で、自らの責任で行うものだ。予想外は謝罪し、責任を取ってきた。

大臣になって喜んでいる暇はないはずだが、全く勉強もしていない、恥ずかしい。担当大臣が北方領土の色丹、歯舞、国後、択捉を読めないのだ（実に嘆かわしい）。

そして恥と思ってないのだろう。謝罪の言葉を知ることもなく、しゃあしゃあと大臣を続けた。ただ好きなタイプの女性というだけで任命したのだろうか。「任命責任は私にある」と言うが、だから何をしたのという言葉も知らないから、口先ばかりで、責任を取ったことなんて一度もないのだ。困った総理だ。

そもそも一人の国務大臣が北方領土、沖縄と、最北最南の担当って、おかしいとなぜ言わない？　真面《まとも》な業務ができるわけがない。遠くかけ離れ、また性格も違うのだから。本当におかしいと思わないか。

二　スーパーゼネコンの存在

談合、癒着、贈賄……。後を絶たないが、チェック機関が甘くなってきた（のも見逃せない）。ゼネコンは本来中立を目指すべきだが、実際は注文者はそっちのけ。国や自治体に頼り切って守られている（だからそっちばかり見ているのだ）。

いつも余裕があるのはなぜ……。完全な工事ミスを犯して建て替えさせられても、平気で生きていられるのはなぜなの？　守ってくれるところがあるからだ。「国民の血税」、これを忘れないでほしい。予算たっぷりの公共工事の受注が多いのはなぜなんだ。考えてほしい。毎年どんどん膨れ上がる予算。少しも削減する気はない。民間であればとっくに潰れている。

三　指名入札制度の弊害

隠れた談合により、決定しているケースが少なくない。指名入札は参加業者が明らかになるため、業者は談合して順番を決めることになる。前述の政治屋集団に守られ、融資もたっぷり、間違いなく大金が集まる。予算超過したなら、ご丁寧にも補正（悪）予算などを組んで守ってくれる。

公共事業は大手ゼネコンに発注するのはなぜ？

大なり小なり、国、自治体のどこかに「戻り（リターン）」があるから。年度内の公共事業費は、掲げた予算をすべて使い切る。国民の血税を無駄にしているのだ。

選挙が近くなると公共事業が多くなる。道路工事が多く、渋滞で国民はいい迷惑だ。ほか鉄鋼材、木材の値段が極端に上がるのはなぜだろう。

四　政治の無策と日本の文化資本

今までの政策は自分たちの党のことしか考えていなくて……それに全く気づいていない。ここにも政治家の無能さが浮き彫りにされている。

日本の文化資本、一つには職人社会。これを守らなければならない。良い時代の日本には徒弟制度が確立され、親方の背中を見たりして技術の大半を教わってきた。他の技術も、上司の考え方、行動を見て、自分の技術として身につけてきた。

そのようにして教わる若い者は自然と技術を高め、成長をし続けた。

今、最も大切なことは、一般の素人の方が顧客（クライアント）となった時、良い仕事や良い技術を認めることではないか。技術者、職人は、直接お客様から認められれば、これ以上の喜びはない。もって技術を高めようとするのがプロだ。

金の流れを明確にして、ゼネコンは無駄な金を使わない。政治も同じことだ。

儲け主義の大企業（ゼネコン）と住宅メーカー（マネーメーカー）には任せておけない。まだまだ貴方の心に寄り添うプロがいる。本当のプロの建築家は「儲け」という言葉を知らない。クライアントのため、すべてを尽くすものだ。

今の若い技術者は気の毒である。時短（早く「働き方改革」をやれと言われ、残業代を払わない）を迫られ、予算を削られ、ゼネコンメーカーの言いなりで本来の建築を知らないで終わる。パソコンのキャド（ＣＡＤ）しか使えない。現場で頭を使い、スケッチし、職人に教えながら、逆に教わりながら工事が進むのだ。線が引けない。本を読まない。辞書を引かないからその前後の言葉、回りのことを勉強することが少ない。

だから技術者や職人が不足になるのは当然である。

五　建設省が懐かしい

言葉が先に走り、内容が伴わない日本の政治。国土交通省とは何？　合併してろくなことがない。成功したと思っているのか。これまで災害が起きてから、責任を取ったことがあるか。

君たち政治家が説明責任と言ってふざけている間に、誰一人、自ら責任を取った人間はいない。責任とはどういうものか、安倍にも陰の実力者にも分からない。だから、のほほんと生きている。

災害に「想定外」などという言葉を使うな。「予想外」は申し訳ないと責任を取る。「想定外」は後の祭り、他人事、何ら責任は取らずに、「二度とこのような悲劇が起こらないように……」と言うだけで、何も具体策はない。

昔の建設省は、ある意味しっかりした省庁であった。その技術官は顔つきも違う。彼らはきりっとした態度で現場、河川、国鉄、ダム、トンネルなど、責任を持って管理していたはずである。

蛇行している川がある。そこは決壊すると予想する。当然調査を十分やってのことだ。川の流れがおかしい。川底を浚《さら》い、深くしている（浚渫《しゅんせつ》）。すべて自分の目で確かめている。少年の頃の僕にとって、周りに凄いおじさんがたくさんいたような気がする。

そこには皆堂々と自信のある顔つきがあった。いざという時の出処進退を弁えて、いつも覚悟を持っていた。今の無責任な政治家とはえらい違いだ。

今は気象庁もコンピューターでチェックしているので安心だと言うが、最後は人の目で見ないと状況判断が遅くなる。だから洪水が起きると、近所のお年寄りが行政をあてにできず、心配だと現場を見に行って流される。気の毒な事故が後を絶たない。

後手後手で災害復興に大手ゼネコンを喜ばせているわけであるが、それより国や地方公共団体が公民館や地区会館を整備し、安全かつ強固で、水害などに心配のない建物を用意する。これが大事だ。高い予算で仮設住宅を造って裏金作りに勤しむのではなくて、悪徳業者など使わずに無駄にならないものを先に建てておく。住民が安心して避難できる場所を造るべきだと思いませんか。

国も建設省に戻して、真剣に考えてもらいたい。ついでに民営化は、国鉄も郵政も他業種もすべて失敗だったことを言っておく。民営化して儲かったのは国と金持ち・大企業だけだった。

六　税金と災害復興工事

裏金造りを平気で行う。解っていてもお咎めなしはなぜか。被災された方がどれだけ苦難に追い込まれたか計り知れない。そんな方々を横目に資金集めとは、国民の税金を何と思っているのか。また国民はどうして腹立たしく思わないのか。

災害復旧費で大手は儲かる。原因調査をしない、日本政府って？（おかしくないか）

地方自治体の公共建築物は、見た目、金がかかっているように見せて納税者を騙し続けている。しかし中身は安普請で仕上げはガタガタだ。心から国民、市民のために設計する建築家は少ない。

七　国、地方自治体の公共建築物

税金の無駄遣い。自分の金じゃないし、懐が痛まない。少しでも納税者のことを考えているだろうか。メディアも悪い。納税者に何の疑問も持たせないように、建物を絶賛することが多い。

地方のホールといい加減なコンペ

ある町のコンサートホールは予算十八億を計上した。しかし完成したら安普請。誰が見ても分かるほどである。やはり実工事費は五億とか（だろう）。残りの十何億はどこに消えたのか。

国立競技場設計コンペの時、無駄が多かった。コンペ優勝者の作品が（事実上）不可能と分かり、予算も膨大に膨れ上がり、（実質）中止になる。

国立競技場の審査委員長が予算について質問されると、考えられない言葉が返ってきた。「予算のことはコンペでは考えていない」と。

よくものうのうと言えたもんだ。では（ということは）、デザインが施工不可能なことも委員長は考えていないということだ。何の審査をしたのだろうか。

全く呆れる。自身も世界的なコンペに参加している。有名な建築家にとって大切なことは、工期、予算、次に理念、デザインでなかったたか。

このように政治の世界もすべて影響している……責任を取らない体質は嘆かわしい。莫大な無駄金を使っても国は自分の懐が痛むわけではない。実感がないのは国民の税金だからで、（湯水のごとく金を使っても）全く痛みを感じない。そして高官たちには一部の金が流れるという噂《うわさ》だ。

公共事業とはこんなものだ。だから最近良い建築が残らないのだ。

世界屈指のオケと世界最悪のボロホールのアンバランス

ＮＨＫホールは良くない。Ｎ響会員五十年の人間が、二十年間も建て替え、改装を願っていたが、一向に動かず。ようやく一昨年暮れに改装の発表があったが、そろそろ一年になるのに、まだ何もやっていない。いつ完成するか分からない。音響を含めて期待している。ＮＨＫは会員のことなど全く考えていない。予算も公表しないといけない。会員の皆様が「またかー」と思わないようにしてもらいたいものだ。

世界屈指のオーケストラをこんなボロホールで演奏させるのは日本の恥ではないか。音響設計も音楽家、音響工学の先生を含めて、十分考えてもらいたい。

昔このホールがない時、東京文化会館一階の後方に、いつもＮＨＫ役員の有馬大五郎さんがいて、聴衆の雰囲気、(夏、冬の服装によって変わる）音響を確かめていた。すごい人だ。今、真剣にホールについて考える職員がいるだろうか。音楽にならない。席を見つけて欲しい。本当に音響を備えたホールが出来るか心配である。これもたっぷりの予算で、時短も、経費削減もしている。どこかに無駄な金が流れているのだろうか(やはり半公共団体では駄目か)。

建築家・前川國男先生の名はいつまでも音楽界に残る。東京文化会館は音楽の殿堂そのもの。音響、風格ともに素晴らしい。神奈川県立音楽堂は世界に誇る音響は良いホールである。

地方にも優れた建物がある。金沢の石川県立音楽堂、札幌のキタラホールが、音響、設計とも素晴らしいと言える。

東京芸術劇場も悪くないが、ホールをあんなに上に持って行く必要があったのだろうか。ロビーから外が見えるわけでもない。とてつもなく高いところにコンサートホールがあるのだ。

終演後、聴衆は素晴らしい音を耳にし、その余韻の冷めやらぬなかを帰途に就くわけだが、ホールから出て五階の高さのエスカレータに足元が竦《すく》む。設計者はそこまで聴衆の心理を考えるべきだ。やはりもう少し設計者の理念が、妥協せずにきっちり入ると良かった。ちょっと残念に思う。

税金の無駄遣いなら、自分の金、自分の腹が痛まない。少しでも納税者のことを考えているだろうか。

地方自治体の公共建築物は見た目、金がかかっているように見せて納税者を騙すことが多い（前述で指摘しているが）。中身は本当に安物仕上げでガタガタなのだ。こころから国民のため、都民・市民のために設計する建築家は本当に少ない。

筆者は五十年、設監（設計監理）業務に携わっている。その間、建築はこころの動きの理念を持ち続け、こころを込めた住宅、住みたいと思われるマンション、患者に優しい病院、その他オフィス等々、二二〇〇棟の建物を造り出した。プランニングには心躍り、喜びのあまり時を忘れ、夜を徹することも多かった。

八　自ら無駄な公共事業の内部に侵入し、分かったこと

筆者が東京都のある施設を購入した。そこには隠された怪しい影がプンプン漂う。無駄な金が動いているのがよく分かる。外壁は特注の円形タイル。ほとんどアール（円形）の壁デザイン……。

都税で無駄遣いをしているのが、中に入るとすぐ分かる。内部はほとんど石貼り、贅沢な仕上げ。ロビーの柱はアールの大理石。大きな八メートル×九メートルの壁も大理石だが、これがなんと一枚岩。台湾製だが、現地でどれだけ金を使い、そしてばら撒いたか想像に難くない。

円形のレストラン、バスルームも砂岩の仕様。水回りにトラバーチン系の水を含みやすい仕上げは非常識である。今回砂岩を仕様にしたため、下地を防水しなければならなかった。

また個室に至っては、木材は無垢で八室の床柱は八種類の別の丸太を使うなど贅沢すぎる。どこまで予算をかければ気が済むのか。これもかければかけるほど都民の血税が誰か

に入るのだ。だから予算を絞る必要なんてサラサラない。それはなぜか？

もう一つ、設備が過大過ぎる。経済的設計は故障も少なく良い設備と言えるが、都は将来を見据えてないから絶えず修理修繕の工事をしなければ維持できない。無駄な税金を使うのはなぜ？

九　国鉄の民営化

国鉄の民営化によって、赤字は減り、確かに国は儲かった。大土地を大手企業に売りつけた。民営になったら、民間に予算を減らして発注するため保線がしっかりできない。民営化までは最後に保線区長が線路や砂利を自分の目で確かめたものだ。今は線路もガタガタ、草はぼうぼう。我々が子供の頃は、レールは光っていた。枕木の間の砂利は色彩豊かで、あまりにも綺麗で、小学生の頃に写生した記憶がある。

駅構内のトイレも汚い。――大学卒の駅員はトイレ清掃から始まり幹部になると子供ながらに聞いていた。しかしそのトイレも電車（列車）も汚れが目立つ。民営化で予算を削るから清掃が雑なのだ。臭いし、汚い……。新幹線はドル箱だからそれなりだが、赤字路線は酷《ひど》いものだ。守る気はなく、廃線を望んでいるような気がする。

郵政の民営化

郵便局の郵便大型車の無謀運転が目立つ。配達局員のバイク運転も酷い。道路の中心を走ったり、右折時の危険運転が悪質極まりないのもいる。小さいことだが、お年玉付き年賀ハガキの景品だって少ない。それにハガキや切手の値上げも早い。

郵便局員には中元、歳暮、年賀ハガキの完売ノルマがあるらしい。国鉄職員、郵便局員いずれにしても、彼らにとって、家族を含めて不幸な時代になった。

国鉄民営化に成功したとほくそ笑んだ中曾根に、郵政民営化の小泉純一郎。その意義についてどれほど分かっていただろうか。

したがって、彼らに対して専門家の評価は低い（口先だけと言われている）。

十　謝罪、責任の言葉を忘れた

これらの状況が政治家、知識階級になんと多いことか。日本人がこれを忘れると世界から孤立するのだ。かかる状況は、いわゆる消滅が近いことを如実に表しているのだ。

かつて日本には自ら責任を取る潔さがあった。しかし、今は謝罪しない、自らの責任をうやむやにする、そんな考えを多く持ち備えているのが、今の日本を任されている政治家、政府なのだ！

そして平気で「国民を第一に考え、中小企業を守り抜く」などと嘘で固めた言葉を吐く。こんな人間たちは国民の心に訴えることが少ない。本気で考えている人間は与党にはまずいないと思う。最も大切なのは国民への愛、国民に愛情を注ぐことなのに、そんな人間のなんと少ないことか。みんな金が友達なのだ。

昔は私財をなげうってまで、国・国民のために考え、行動する政治家がいた。今だって優秀な政治家はいるだろう。しかし、素晴らしい意見があっても上告することができない今の自民党。そこには陰の実力者が居座って、彼には逆らうことさえできないらしい。その一人の意見に従うしかない。だから進言なんてもってのほかなのだ。不思議な政党である。というより、政治の本分を忘れてしまっていると言っても過言ではない。

そう言えば戦前・戦中の東條も首相以下、幹部をみんな自分の手中に収めていた。あの頃と同じだと思い出す。国民が「天皇陛下万歳」と言うのを天皇陛下御自身が望んでおられたろうか。昭和天皇はそんなこと望まれていなかったはず。

映画のシーンを想い出す。マッカーサーと天皇の二人だけの会談で、「すべての責任は朕にあり、国民には何一つ罪はない」という昭和天皇のお言葉を耳にした僕は、人目もはばからず声を上げて泣いた。

十一　住宅メーカーとは

一九六九年、ツーバイフォーが解禁され、まず安宅産業、日榮資材が熊谷に実験住宅を建て、三井ホーム、住友林業、古くからのミサワ、セキスイ、三井ハウス、西武、イワタニ、東急、三菱……あらゆるメーカーが乱立し、ほとんどがモデルハウス戦略を打って出た。

展示場の企画会社も増えるたびに各メーカーが競争し、挙《こぞ》って参加した。だが主張も何もないメーカーがあり、クライアントも迷うばかりで、腕が良く、話の上手い営業マンが自社の長所を売り込み、ひたすら強引に勧誘する時代であった。

筆者もあるメーカーの依頼でモデルハウス十二棟の設計をした。在来工法のメーカーとして、一モデルハウスから一〇八棟を売り出し、驚異的に伸びた。十二棟それぞれに自らテーマを考え、クライアントの心に響く住まい造りを心がけ、数々を手がけて設計部門のトップを突っ走った。

その頃の僕の主張は、顧客に無駄に金を使わせないことだった。使った分は必ず喜びがあるように！

その頃から他メーカー、特に大手は粗利《あらり》五十三パーセント以上を目標に掲げ、儲け主義に徹した。

もちろん、テレビなどの広告宣伝費もモデルハウスの建設費も莫大にかけた（当然、企画会社の家賃、維持費、素人営業マンの教育費、営業マンの朝駆け、昼訪、夕訪、夜訪と金も時間もかかる）。それほど働かないと、他メーカーに後れを取るのであった。

厚労省による口先だけの「働き方改革」は職人不足を招く

大手企業の保全のために支出を縮小する働き方改革など守れるはずがない。顧客との打ち合わせは土曜、日曜に集中する。社員の給与だって馬鹿にならない。

それは置いておくとして、筆者の関係メーカーは大きくなったと勘違いしたのか、家賃の高い都心の一等地にオフィスを構えた。当然、大資金が必要になり、最も大切にしなければならない協力会社・下請け会社の経費も削減せざるを得ない。

働く技術者や職人にとって良いことは何一つない。時間と金に追われている職人は、腕を磨く場所もない。ますます職人不足に陥る羽目に。

国や政府がすべて自分で蒔《ま》いた種なのだ。

最近自殺者が増加しつつあり、特に小中学生の子供達が多いと問題になっている。

国会では議員が質問に立って文科大臣に対し、自殺願望や児童たちを助ける教育をして欲しいとおかしな質問をしている。それに大臣は訳の分からない答えをしている。違うだろう。

本質を考えなければ。小中学生がなぜ自殺を考えるのか。

世の中が悪いのだ。子供達は、伸々と遊び学ぶということが、彼らの本分ではないか。

そこにややこしいことを考えさせたり押しつけたりしているのだ。

子供たちは、自分の立場を考えて、意志をしっかり持てる。生きがいを持つ若者達を育てることが政治の責任だ。

政治家は自分のことしか考えない。その子達の目線・考えていることを理解出来ないため、全く解決できないのだ。

口では「絆」などと言ってるが、本質を考えていない。


今ニュースが入って来た。「こども庁」を設立するらしい。

年寄の老人が考えても、古い教育委員会が意見を言っても意味がない。子供達の目線に立って「こころ」を教わることだ。

昔、教壇があって、先生が生徒の一部始終を見ていた。だからその子達を理解し、適確な教え方もしていた。

生徒を教え、叱ることも必要だと思う。是非子供達の考えを聞いてもらいたいものだ。

第三章　民間の二代目・三代目

一　二代目、三代目

政治家を漠然と継いだ二代目、三代目は、あまり確固たる目標を持たないために国を滅しかねない。

では民間の二代目、三代目の社長はどうだろう。初めて会社を興した初代の努力は並大抵のことではなかったはずである。それをどのようにして継ぐか。僕の経験した事例を通して二代目、三代目について考えてみたい。

会社の創始者

初代は、並大抵ではない強い信念を持って一時代を築いたに違いない。

人との出会いを大切にし、そして触れ合い、接点を大事にして、お互いに腹を割って付き合ってきたことだろう。

そして最も大切にしたのは、自分の部下であり、育て上げてきた社員であったに違いない。

人間としてのお互いの対話により成功してきたのである。相当時間がかかって当然である。

どの業界もそうだが、二代目は初代が時間をかけて培ってきた歴史や、初代の経験を認めることをしないことが少なくない。

二代目社長の限界はなぜ

初代がせっかく育て、心の触れ合いで手を握り合ってきた同志とも言える今までの幹部に対し、二代目は自分より会社を知っているせいか、煙たがり、扱いにくいのか、遠ざける。あげくには左遷・退社に追い込むこともある。

初代が置いて行かない宝飾

新社長も初代をよく見ていたなら、そして自分より遥かに経験も知識も豊富である人材を上手く使う器量があれば、今以上に会社は伸びるはずである。

残念ながら最近「急がば回れ」は彼らにとって死語と思われ、業績悪化、倒産のケースもある。

一方で、ある建設会社は、確固たる業界の地位を築いたばかりでなく、政界にも功績を大いに残し、大きな庭園は多くの市民を楽しませた。

いろいろな財産を失い、倒産に追い込まれるケースもある。これも人材を上手く使えなかったことに起因している場合が多く、今までの忠臣幹部を切り捨てることなく、会社に苦言をしっかり言える金庫番が残ってこそ、会社は持続するのである。

他にはたとえワンマン社長でも、桁外れの大金持ちで、世の中で一、二を競う大社長は、資金、頭脳、信念、責任感といったすべてを持ち合わせているからこそ、ほとんど想う物は手に入れ、大企業として君臨している。

大きすぎる偉大社長の後、器が小さい二代目

しかし、二代目、三代目となるにつれ、人間性、信頼性、理念をよほどしっかり持たなければ、残念ながら、三代目になると他人の管理になってしまったりするのである。

ボーッと受け継いだ会社をよく見て考える。前社長を我が身に置き換えることなく、非難することなく、冷静に評価できれば、二代目でもっと伸びる。

しかしながら、長年苦労して築き上げた会社も、それを誤れば、社員を路頭に迷わせ、倒産に追い込まれることもある。

二　二代目社長の成功

突然、志半ばで亡くなった先代の社長を受け継いだ二代目が、社員の信望を集めた。工場内にも入り込み、技術者に交じっての打ち解けた会話、そして仕事の大切さが分かるように接し、技術者とのコミュニケーションを十分取ることの大切さを重んじた。

その社長は人の好さ、気さくさを前面に出し、動き回ることによって、町工場からコツコツ大きくし、上場会社にまで押し上げた。社員一人一人と話し合える気さくさを持ち、協力会社を大切にし、他人から悪く言われることもなく、皆から信頼される方である。このように技術者を信じ、シェアを世界に伸ばした二代目もいる。

しかし、身近な息子であっても、不思議と考え方が違う場合がある。子は親の背中を見て育つと言うが、これからお話しする四十代の二代目は、人のあら探しをする、人間として伸びない損な性格であった。

三　初代社長と二代目社長、先祖代々の失われた土地

横浜の郊外、といっても駅周辺一キロ圏内で、豊臣の時代から守ってきた土地を持つ大地主の話である。

厚木方面に延びて国道へとつながる、蛇行した道路の土地を持っていた。その後、国道整備のため換地《かんち》になり、これはひとつのチャンスであった。

その時代、大井町から小田急方面へと電車を通す計画があり、時の「怪物」五島慶太が鉄道を敷いた。一部公団などの拠点を造り、自身も大儲けした。

沿線の地主、住民からも大歓迎され、相当な資金も入り、交通の便利さとともに利益を得たはずである。

そこで、駅近の何代目かの長男は造園会社を興す。

持ち前の人の好さで、人を大切にし、決して不快感を与えない人であった。

多くのエピソードがあるが、本人のいない酒席でも、彼と付き合いのある人間同士で、彼の話で座が持てる、素晴らしいまれな人格者だった。

人当たりがよく、謙虚で誰からも好かれ、公共・民間事業を幅広く手がけ、個人の庭園も多く受注した。社員、職員は、社長に言われたことは喜んで何でもするような、信望の厚い人だった。

僕も、ある仕事で社長に認められ、それから十六か所の仕事をいただいた。

二人で夜を徹し、財産管理のお手伝い、いわゆる建築計画により土地を守ることのアドバイスをしてきた。

しかし、その社長が急死してしまった。

僕は人目もはばからず、遺体に倒れ込むようにして泣きじゃくった。それから何日も眠れない日が続いた。

そして数年後、彼の父も亡くなった。

相続権は初代社長の息子である二代目に移った。

初代社長には四人のきょうだい（姉、妹、弟二人）がいたが、みんな人が好く、ある意味二代目の思う壺だった。

若い二代目は叔父、叔母に何ら相談せず、自分でほとんどを決めた。

そのため、駅周辺以外、初代が必死に守ろうとした土地は、すべてといっていいほど手放した。

ある日、土地の有効活用で呼ばれた席で、僕はアドバイスさせてもらったのだが、二代目は、

「先生は過去の人だから」とのたまった。

これにはムッとして、「何を言っているのか」とその場を離れ、二度と本家には足を運んでいない（この住宅は、僕の傑作のひとつなのだが）。

ただ、先代の妹・弟さんの家族とは今でもずっと付き合っている。

この二代目、初代とは全く違い、人をまず疑ってかかる。見るからに神経質で、人との和を重んじるタイプではない。失敗しても、自分さえよければいいから、本人は満足なのかもしれない。

この二代目の話、成功例とは言えないが、長く続いた旧家として、所有している膨大な土地に守られ、そして初代の立ち上げた会社は、初代の信望と、信用がある幹部が一時後を任せられ、今までの関係会社の信用も持続し、会社は二代目に移った後も、仕事は続い

ているが、少し心配である。

次の話は、自ら招いたとんでもない話である。

四　二代目の餌食になる

筆者は建築設計及び監理業務を続け、昨年（令和二年）で五十年を迎えた。その間の設計は二二〇〇棟。住宅、共同住宅、店舗、工場、オフィス、ホテルなどあらゆるジャンルを手がけ、世に出させていただいた。海外の設計もしたが、多くの物件に心を込めて携わった経験は、何にも増して僕の財産である。

誇りを持って設計活動を行い、「決してプロは儲けてはいけない」という、最初のボスの教えを守り、生涯現役を通す覚悟を決めていた。

昨年、後期高齢者を迎えた七十五歳の老体。自分ではそう思おうとはせず、まだまだ若い（ばか）いと思っていた勘違い者にちょっと隙があったのだろうか。まさかのとんでもない社長、最悪の二代目社長の餌食になってしまうとは。

この二代目は人間を人間と認めない。人権を無視し、怒鳴ることが常で、例に違わず神経質な顔をしている。

五　怒り狂う二代目

僕は今年（令和三年）七十六歳になるが、その長い人生でこれほどまで侮辱されたことはない。あれほど怒鳴られ、脅されたこともない。

非社会的な方と話し合ったことも少なくないが、この二代目より遥かに常識家である。彼は人の話を全く聞かない。詳しく説明しようとすると、いつも必ず「先生に任せるから」と言って、説明を聞こうとしない。

複数の人たちとの会議中に一人目を瞑《つむ》る時がある。そして目を開けて開口一番、揚げ足を取って不意を突く。「何を言いたいの」と。人の話を理解しない、卑怯この上ない。

この社長、子供の頃から人間嫌いで人を信じない。理屈っぽく、そのくせ自分の意思をはっきり言わず、クレームだけをつけるだけの人間であった。

初代社長は苦労人で人格者

ところが父上の前社長、現会長は真逆の人格者である。前社長は商社マンを脱サラし、大企業の下請けの部品メーカーとして会社を立ち上げた。

周りの方々との付き合いもよく、親会社の信用も得た。相当苦労もしながら、持ち前の見るからに安心感のあるタイプで、信念の人、人格者であった。

昭和最後の年、当社の税理士の紹介で、初めて社を訪れた。オフィスに通された時に、社長のデスクの後ろの壁に貼ってあった、「為せば成る。為さねば成らぬ～」の標語が印象的であった。

その日、設計依頼を受け、一九九五年、横浜市内に人荷両用の大型エレベーター付き、屋上庭園のある四階建て本社ビル・工場の設計が、初代社長との初めての仕事であった。

打ち合わせ中もさすがに的を射た質問、要望等、社長の発言は明快である。

「守ってもらいたいのは、これとこれです。他の建築的なことは専門の先生にお任せします」

今の二代目は何も考えず、この台詞だけ真似をする。

完成するまで実にスムーズに進行する。建築主を中心に、設計者、施工者の三者が協力し合って本当の三位一体。これがすなわち建築の醍醐味《だいごみ》である。お互いの協力の賜《たまもの》、無事に完成した。

落成式は四階から出入りする屋上で盛大に行われ、社員の皆様にも喜んでいただき、関係各社にも大変お褒めの言葉をいただいたものである。

確か来賓の方々も、偉い方々が目についた。副知事、県議、市議の皆々様がいらっしゃった。社長の信望、お付き合いの広さに感心させられた日だった。

六　第一工場の幕開け

二十三年後、突然電話が鳴った。

開口一番、「私は誰でしょう」と言う。

聞いた声だが、すぐ出てこない。

「もう少し話していただけませんか」と申し上げる。

「その節は先生にビルを建てていただき、ありがとうございました」

分かった。でも名前は出てこない。この声はと考えた時、

「そうだ。『為せば成る～』の社長ですね。ご無沙汰しております」

と言い終わらないうちに、

「○○です。実は千葉に工場と本社を建てたい。先生に設計から工事完成までお願いできませんか」

僕はこんな嬉しいことはない。

「喜んでお引き受けします」と。

打ち合わせが進むにつれ、やはり以前と同じく明確であった。

かなり、予算、工期とも厳しい条件であった。しかし、

「それを守ってさえいただければ、他のことは先生にお任せします」

と、要望が以前と同じくはっきり言う。

その後、設計、工事と準備に入り、すべてがはっきりとしたご希望で、工事も順調に進んだ。


御子息に二代目、え？


その後、二代目に社長を引き継がれたとの話は聞いていた。

ただ、ご子息は子供の頃から反発して育ったという話も聞いており、そんな人間に、どうして会社を譲ったんだろうと思った。父は人格者、人の輪を大切にし、人の話をよく聞いた。そしてしっかりしたご意見に我々は納得する。だが二代目はそれとは全く真逆の人間。しかも何も教えずに引継いだ。

三年後、再び電話をいただいた。工場を増設したいと。僕も社長を息子にバトンタッチしていた。

「先生も息子さんに譲ったとか……」と電話で話した。

お互い譲った話をし、僕自身相当悩んでいると話した。

会長「譲ったらほっぽっておけばいいんだよ。会社は好き勝手に動くもんだ」

僕の場合、業種が違う。うちはそういかないんだ。

このほっぽることが間違っていたんだ。

今考えると、会長の言動にちょっと気になることがあった。

二代目同士の初仕事

会長が「ここは若い者同士に任せましょうか」ということで、お互い二代目社長同士の打ち合わせが始まった。

会長と僕はオブザーバーとして出席したが、現況の敷地には、希望の工場が建蔽《ぺい》率オーバーで建ちそうもない。うちの二代目社長は全体の面積を考えて、

「どの程度の規模のものが出来るか、計算して返事いたします」

まさに優等生の答えである。だがざっと見て余裕が全くなく、すぐ建ちそうもない。

会長は僕に目配せで、既存の建物の解体工事を作って、その分を新築に当てはめるなどの話をし、

「先生なら何とかするよね」と帰り際に耳打ちされた。やはり為せば成る……の会長。

その後、うちの二代目は案の定、

「この土地にはご希望の工場は建てられません」

法的には優等生の発言。

相手の二代目社長も「そりゃそうでしょう」で終わった。

若い者は他の案とかあまり考えることはない。この話は終わり、ほっとしていた。

その後、二代目社長から、今度はなぜか僕に電話があった。

「隣地が売り出されているが、安く買う方法を教えて！」と。

僕は県の土地であることを知っていたので、

「努力次第ですが、上手に県会議員あたりに頼んだらいかがですか。本気で真剣に話すこと（会長の交渉の方が上手）ができたら、安く買うことができるでしょう」と話した。

しかし、上手に議員を使ったかは知らないが、高い買い物をしたらしい。

七　第二工場の始まり

その後一年もしないうちに電話で、「来てくれない？」……。相変わらずタメグチ。

四月、打ち合わせ。オフィスの会議室で希望プランをいただく。

「検討し、返事します」と断り切れずに帰る。

帰所後すぐ、鉄骨の平屋、スパンが飛んでいる（鉄骨の間隔が広い）ことに気づく。構造的には少し厳しい。鉄が市場では品薄。工事に使う鉄骨、H鋼、ボルト、杭も市場に不足がちなのだ。これはオリンピックのため資材不足とデマを飛ばし、商社が倉庫に仕舞い込むことが多いのだ。

まず鉄骨工事の確保。それに伴って構造計算、ハイテンションボルト、杭の確保のために走り回る。高く買うのでは意味がないので。

僕はお話を受けてから今まで、工事ができないと断ったことは一度もない。準備万端整えることが我が社の理念。

一方、敷地は荒廃し、またプロパンボンベ六本、消防用ホース三本、あと大量のゴミ、そして草木が繁茂している。足長バチの巣が二十か所もあり、職人が刺され病院に運んだ。残置物も多く、作業も難航。伐採、根伐《ねぎり》、整地に三〇〇万～四〇〇万かかると見積もりを出す業者もいる。

準備工事にこれほど予算をかけられない。大変な状況になっている。我が社の協力会社を二、三社集め、綿密な打ち合わせを予算も三分の一に減らした。

そして概算書を作成した。早く提出しなければいけないと思っていた時、社長から、「早く見積もりを出してくれないと困る」との電話。

当然こちらもそのつもりで早く提出する努力をしているが、前述の理由で今まで時間がかかったことをを話し始めた。

「そんな言い訳聞かない」「細かい話を聞いても分からん。先生に任せる」

これが口癖。そして初代と違う危険人物。人の話を聞こうともしない。

そして第一回目の見積もり、税抜き八六〇〇万円を提出するが、高いも安いも言わない。ただ不機嫌そうな顔をする。相変らず自分の意見を言わない。実に困る。

その後、無駄はないか、職人とそれぞれ工事別に膝突き合わせ、絞り切った金額、工場鉄骨工事が六八〇〇万まで落としこれ以下には絶対ならない。契約金をまとめ、次のステップに進んだ。

仕上げ等を含め設計図の説明をする。いつもそうだが、面倒臭そうに、「いいから、いいから。先生に任せる」と言うだけだった。

この言い方が危険。いつもはっきり口が利けないので、こちらから確認申請をする約束をして帰る。

確認申請を提出し、各行政を廻り、何か所もチェックを受け、受理されて、ようやく着工ができると説明をするが、「いいからいいから」と、長い話は聞かない。

申請前に社判、社長印を捺印していただき、申請をする。本当にやる気があるのだろうか。

その時、設計着手前に購入地だけでは計画建物が実行できないので、既存敷地を一部、二メートルほど食い込んで当該敷地に含む約束をする。

確認済証を取得した次の日、

「先生、確認済証ってある？　銀行に持って行くけどさあ。持って来て」

いつものタメグチ。お前、それでも社長か。

建築確認済証

前日取得して良かった。僕はこの件を優先し進めておいて良かった。

そして次の日、持参し、スケジュール表と着工日を決める話をすると、あとで連絡をすると言っていた。なかなか契約・着工の指示、また結論を出さない。

連絡を待つことにすると、八月二十三日十時に地鎮祭が決まったと告げられた。大変だ、この荒れ野原をどうする？　駐車スペースのアスファルト舗装の壊しの作業もある。

時間が全くないので、職人たちと一日一日の工程の約束をし、ちょうどお盆休みの八月十日から現場に入る。こちらはお盆休み返上だ。土工事の予算を削減し、伐根の全て掘起し、余った土を埋め戻しに使用するため、道路側に盛土として残す。それは後の土工事を安くするためである。

十七日にその仕事が予定通り完了した。そして二十三日の地鎮祭の段取りに合わせ、整地を行うため、現駐車スペースのアスコンにカッターを入れるために、車の移動のお願いを文章にした。それを会社は夏休み中なので十七日にポストに入れ、お願いして帰った。

しかし十九日、朝から現場にいたが一向に連絡がない。

八　怒鳴り狂う二代目

その日の夕方、社長がいきなり怒鳴りつけてきた。「俺は客だよ。明日、車を移動なんて無理だよ」と怒り狂っている。聞いている方は危険を感じざるを得ない態度だ。

こちらは前からお願いしている。何を怒っているのか分からない。現場は一日一日が大切で無駄にできない。自分たち（施主の社長たち）は盆休み。少しは現場職人のことも考えて、「ご苦労様」の一言ぐらい言えよ。自ら怒鳴る意味も分からずカッカしている。そしてその自分に酔っているだけ。こちらがお願いしていることが、文章を読んでも分からないんだな。誰もすぐ移動しろなどと言う訳がない。説明するも一切聞く耳を持たない。

その後もＦＡＸなどの文章の解釈ができないことが多い。おかしい。全く話にならない人間。以前の打ち合わせで、「車の移動は前もって言ってくれれば、こちらの駐車場は料金が安いので、いつでも駐車場を借りて移動するよ」と言っていたのに。

なぜ頭からすぐ怒鳴るのか分からない。その証拠に二十日、会社のすべての車を路上に移動したではないか。カッとなって怒鳴り散らす。こんな社長はまずどこに行ってもいないだろう。

九　地鎮祭着工

何とか二十二日までに整地を完了した。これは異例のスピード。職人のおかげだ。社長に言っても全く聞く耳を持たないが。事の成り行きをいつも通り説明するが、ちょっと長く話をすると、「いいから。先生に任せる」。

二十三日、地鎮祭当日。僕は神官の参道、つまり足を運ぶ道を造る。

無事、地鎮祭が終わった。久しぶりに父上の会長にお会いした。

会長は「今日の地鎮祭、昨日初めて聞いたんだ」と驚いた顔。親子でこんな関係とは。本当に正直な方。

ご自分のときの地鎮祭は十分な準備をし、伊勢から神官を呼んだ人。直会《なおらい》の儀も盛大だった。

だが終わった後の神主のことも含めて、二代目は何も知らない。続いて位置決め、地縄を行ったが、この二代目は何のことか分からず、ここまで来たんだと教えても聞かない人間だから、言っても無駄だ。

仕事は大変な思いで、頼み込んだ杭打ちが二十九日から三十一日までに終わり、工事も支持層も確かめて完了した（最初の緊張する時でもある）。

九月一日から順調に基礎工事が始まる。

僕は毎朝八時～八時半には現場に入った。

着工

最初に根伐。そして根伐底のレベルを十分考える。これによって移動の土の量で、予算も大幅に変わるものである。

工場長が新工場を任されているらしく、覗《のぞ》きに来る。来ても一向に構わないが。杭の溶接には興味があるらしく、一度「うまいね」と褒めていった。あとはただ見ているだけ。「工事のことは分からないので」……と。

地中梁《ばり》、フーチングの配筋を検査しているところに来て、

「へえ、肝心なところはきちっと見ているんだ」……。失礼な！

「いつでも見て監理しています」

監理とはそういうものと言ってやった。

今年は大型の台風が二回来て、現場は何度も水浸しになり、手直しをしなければならなかった。またやり直しも必要で工事が遅れた。だがようやく十月三十一日、基礎のコンクリート打ちが終わって一段落した。

十　基礎工事完了

そこでホッとしたわけではないが、今年に入って四月から忙しく走り回る毎日。連休後の五月からは世田谷のマンション、二軒の住宅の仕上げ、そして三浦市、さいたま市岩槻、千葉の三大現場は目を離せず、毎朝四時に起きて、五時には車で出発するなど、半年間動き回る毎日であった。そして基礎コンクリート打ちを終わって、少し息抜きができるようになった。

十一月七日まではコンクリートの養生期間である。やれやれと思ったのも束《つか》の間、突然病魔が襲ってきた。急に仰向けに倒れて頭に激痛が走る。熱が全く下がらない。手足の痺《しび》れが酷い。歩けない。膝から下の足が動かず、車椅子になった。

病院診断を待つことなく、とうとう十一月五日の夜中に入院した。とにかく我を失い、全く別世界だ。まるで自分のことが解らない。ようやく自分の生年月日、名前は言えるが字は書けない（手足が震えていて、痺れて感覚がない）。

——宣告——主文、髄膜炎、認知症、末端筋萎縮リスク転倒——など、自分では訳の分からない診断を下されたらしく、本人は全く分からないのだ。

十一　無念、針の筵《むしろ》

入院し、ベッドから自分で立ち上がることができない。車椅子にも自力で乗れない。ベッドの上では足・腰・肩下の三か所がベルトで括《くく》りつけられ、身動き取れない。ベッドから落ちて転倒すると命にかかわるからということらしい。

当方はそんな説明も聞いていなかった。これが本当の「針の筵」か。

「壊れちまったよ。でも壊れたら治るよね」

孫娘が言った言葉、これだけは薄々記憶にある。他のことは全く覚えていない。

家内の話によると、主治医は来年春まで入院かなと言っているらしい。認知症と下半身の痺れは後に残るかもしれないと言われたそうだ。

その後、心配してお見舞いに駆けつけていただいた方にも大変失礼をした。何人、何組かの方々には受け答えをしたことを覚えていたが、頭痛が酷く面倒になって、すぐ布団を頭から被ったらしい。その頃は発熱と激しい頭痛でもう自分でも生きられないと思っていた。次の日の朝、息をしていなければ終わりなんだ……。そう思い、気がつくと常に深呼吸をしていた。

ベッドで少し動こうものなら、足・腰・腕がベッドに操られ、身動きが取れず、口惜しい思いをした。針の筵の哀れな姿。他人が言っていることが全く分からない。

帰り際に、「この体では年内もたないね」と話し合い、哀しみながら帰った方もいたそうだ。

十二　思い込みの夢。好きなことは夢にまで出る

自分が最も残念に思ったこと。こんな体、頭でも好きなことは忘れられない。夢の中のウイーンフィル、海外のオーケストラ四つを含めて七回のコンサートがあった（自分の想いが強いと、夢を通して実現する？）。

しかし、もちろんすべてが聴けなかったことは当然のことだ。それでも夢の中でウイーンフィル聴きたさにサントリーホールまで行った。代わりに聴いてもらおうとチケットを差し上げたお二人が、本当に行ってくれたか心配だった。だからホールにまで行ってしまった。

なかなか来ない。開演時間間際に後ろ姿を見たので、二人が食事もしていないと思い、サントリーコーヒーショップに交渉し、二人のためにコーヒーとサンドウィッチのサービスを依頼した。しょっちゅう利用しているので快く承知してくれた。

帰りは三浦から来ていた女性が家まで送ってくれた。そこは自宅ではなく三浦の別室で、

僕をベッドに横にしてくれた。「ありがとう」とお礼を言って立ち上がろうとした。その時、そこの自分は身動きが取れず、ベルトに括られていた。そこで初めて夢に気づき、そして泣いた。ウイーンフィルを何十年かぶりに聴きたかったんだ……。

そんな話をある友人にしていた。

「先生、せっかくそこまで行ったんなら、演奏聴いてくれれば良かったじゃないですか」

「あっ、そうだね」と笑い話で終わった。

僕は、夢というのは実現する、いつもそう思っている。

今回、入院中ベッドの中で意識が薄れている時、「夢の中で想いが叶う夢がある」不思議な体験をした。

十三　気になる現場。少しずつであるが意識が回復してきた頃

入院先へ僕の施工工事会社の二代目が「問題点」とレポートを持参した。僕も倒れる前日まで現場に立っていたので、その現場が物凄く気になっていた。

かなり精密な大型機械で、重量も五十トン超え。高度な大型機械を入れる平屋の工場である。どんなにボーッとしていても気になり、忘れることはできない。

そこへ娘婿である二代目がレポートを持ってきた。いつも問題点と称して何度か持参し

てきたが、一回目は「何のことか俺には全く分からん。頭が痛い」と答えた。熱もあり、凄く面倒臭いと思って布団を被ったりした。

レポートを持参することが三、四度続けてあった。その内容は社長も工場長も（二代目を）騙して、いつもの手で（契約外のことを）嘘を言っては面倒なことをやらされている。ようやく理解できるようになったのだが、施主の二代目は工場長のことを例にたがわず、あまり良く思っていない。新工場を担当して張り切りすぎて、彼を人間扱いにしなかった。このように僕が入院をした頃から、工事のことは分からない素人の目で、重箱の隅をつつくような無理難題を押し付けたらしい。

うちの二代目はその後、僕の代わりに現場に行ってくれた。留守中、とんでもない口の利き方をされたらしい。本人（僕）のいないのを良いことに「先生に言ってもやってくれない」と嘘ばっかり言われたそうだ。彼の言う通りにするのは契約に違反なので、本来やってはいけない。

しかし、怒鳴りつけ、恐怖感を与える言い方をされてやらざるを得なかったらしい。「何だ、これは、どうするんだ」と畳みかけ、口をはさませない。考え中のときも「いつまでにやるか」と無理に返事をさせる。

この二人の、発言する機会も与えないような中での仕事を僕は知らないから、彼には好都合で勝手を許すことになる。この工場の影響で、うちの会社が潰されてしまうと思った。

まだ頭の中がボーッとして痛いが、娘婿のレポートを見せられると居ても立ってもいられない。彼の自信も会社も潰れてしまう。そう思うと一刻も早く病院を出て現場で指揮を取りたい。

退院を願い出たが、主治医に、

「何考えているの。車椅子に乗るのも二人掛かり。自分では何もできないくせに、何かできるの」と散々叱られる。それもそうだ。ようやく話ができるだけで、自分では何一つできないのだ。

頼りのリハビリインストラクターに真剣に本当に願い出ると、彼は、

「何回リハビリをやろうと言っても、逆らってやらなかったでしょう。あれだけ困らせた人が、そんな簡単に変わるはずがない」

と言って受け付けてくれない。痛いリハビリがいやで逃げ回ってきた報いだ。

十二月五日。自分を変えよう、変えなければならないと心を決め、インストラクターのHさん、認知症担当のYさんとGさんに心を入れかえると頼み込む。

「どうして気が変わったの。私たちのことを本当に信じてくれるの？　考えられない」

と言われる始末。

「いや、頑張ります。早速やります」と約束する。

しかし、いざやり始めると、彼らに無理を言われているようで、遮二無二やると痛いし

苦しい。我慢の限界だ。

だがそのうちに、彼らを信じてやれば痛みにも耐えられるようになってきた。目標を達成すれば喜びがあるし、楽しいことではないか……と思うようになるだろう。

リハビリの後は体のあちこちが痛む。夜も眠れない。彼ら（インストラクターたち）は、僕がどんなに痛がっても、どんどん喜んでやる。そしてだんだん筋肉がつく。

「歩きたいでしょう。痛いけれど、それがいいんだと喜んでやりましょう。筋肉が出来れば歩けますよ」

僕はすぐその気になり、立つことができた。五日後からは手すりに掴《つか》まって歩けるようになった。自分でも信じられない。つい最近まで車椅子にも二人掛かりで載せてもらっていた人間、要介護2の壊れたカラダだったはずなのに。

十日後からは車椅子ではなく、自力で歩けるようになった。その体力復活には、本人が一番驚いたのである。この回復力は一体何だ。本当に嬉しい。滅茶苦茶あちこち痛い。これは千葉工場が僕を力づけ、現場に呼び寄せたんだ。

それから病室の周りを歩き続けた。足が棒になるとはこのことか。痛くて足が前に出ない。僕は、インストラクターに「目標は一日三・五キロメートル」と伝えると、

「ちょっとやりすぎ、歩きすぎ。（まあ）できたから良いか。凄い」

と元気づけてくれる。素晴らしい人だ。本当に感謝している。

最後は四五〇〇歩、四キロメートルを毎日歩く。そして階段の上り下り、自転車を漕ぐ。外に行って坂道を上り、外の階段を九十段上り下りする。ありとあらゆる難関を突破した。Hさん、Yさんと Gさんが初めて認めてくれた。

十四　退院の日

十二月十九日、異例のスピードで退院した。一番驚いたのは主治医だった。

その前の十四日、僕を見て、

「〇〇さんかい？　本当？　何をやってるの」「退院なんか出来ないよ」と驚いていた。インストラクターがすべてお膳立てしてくれた。

一度は生きることを諦め、人の声も顔もはっきり分からず、あやふやな返事をしていた人間をリハビリが甦《よみがえ》らせた。命の尊さを改めて実感した、有難う。

この針の筵の間は、看護師にはよく叱られた。インストラクターの真剣なアドバイス、チームワークに感謝しきれない。本当に命の恩人。涙が滲む。

（ありがとう。ありがとう。ありがとう。涙で何も見えない）

職員が皆手を振ってくれた。

十五　娑婆《しゃば》の空気は氷点下

厳しい現実が待っていた。退院して四日目の十二月二十三日。娘婿曰《いわ》く、工場の社長、工場長のところに顔を出してほしいと。助手席に乗せられ、挨拶回りをした。

「長い間、留守を致し、ご迷惑をおかけしました」

会長にも会った。職員の方が飛んで来て、

「先生、こんなところに来ては駄目です」

病気に詳しい人らしい。

「ずーっと休んでいないといけません！」

心に響いてありがたく、最も嬉しかった。

会長以下、社長、工場長も、

「今、大変なのだから無理しないで」

みんな僕のことを本当に心配してくれてると思った。

オフィスからの階段もしがみついて、ようやく下りることができる。まだ駄目だな、と思う。

帰りの車の中で、うちの二代目から、僕の入院中、現場内では、施主、そして工場長に、悪口、雑言の数々で罵られたことを聞いた。我慢の限界まで来ていたに違いない。

二人の言動はそれほどまですさまじいものだったらしい。

「僕はこの現場に来られません。誰かに監理を頼んでくれませんか」ときた。押し迫った現場を他人に頼めるわけがないだろう。ただただ哀しかった。そして悔しい。

こんなややこしい社長や工場長と打ち合わせ、話し合いが出来る人間ではない。他人を入れたらもっと大変。君がやるのは無理なら俺が最後まで見るしかないだろう。運転はできないから、家内の運転で送り迎えしてもらうしかない。

年明け一月八日。新年の挨拶に伺った。

いきなり「若はどうした?」と社長。外構工事の業者を紹介し、舗装工事のための雨水の流れを検討した。外構の設計の指示をする。

透水性舗装研究者と施工者と三者。工場サイドも立ち会って雨の最終放流先を決める(確認する)。施工者に予算書、工程表を依頼する。

一か月して工程表が出てきた。一回目は三月末からで、四月末完成というもの。予算も敷地内に大型U字溝を縦断させるため、排水設備、工期ともかかる。予算は千数百万。とても提出はできない。

四月初旬に大型クレーン、大型機械を設置するため、三月末には敷地内に大型車が入らなければならず、全く遅い。修正を指示する。

第二回目の修正案を手直しし、工場側にぶつけた。良い返事なし（いつも明確に話さない。言ってることも分からない）。これが二代目の特徴。自分の意見を素直に言えない。しかし間に合わないので、三月五日から着工と宣言して帰り、現場に指示をする。ある日、工場長から電話があり、電話の向こうでわめいている。何を言っているか分からん。（工場長は二代目から良く思われていないが）この工場を立ち上げる時から担当している。そして自己主張することが多い人に依頼する気はなく、強引に怒鳴る。都合が悪くなると、「社長に言ってよ」と逃げる。

二代目社長はきちっとした挨拶もできない人間。人に物を頼む「おねがいします」といったことが、怒鳴りつけてやらせる、とんでもない人間。

「細かいことは先生に任せる」と後に何度も出てくる言葉。

これが危険。任せると言って、後から聞いてないと言うためか。人の話を一切聞かない。

聞かないから当然、そんな説明はなかったとうそぶく。

案の定、今後のスケジュール、契約外別途工事の打ち合わせに入ると、急に語調が荒くなって、逆上してきた。こちらが分かりやすく説明しようとすると、社長は、

「いいから、いいから。細かいことは先生に任せる」

話を聞くことは理解することだが、それが出来ず面倒なだけなんだ。

怒鳴りつけた中で最も無理なことは、八メートル上部の排煙窓が現在内倒しになってい

るのを外倒しにしろと、乱暴な脅迫。この現場は風が強い。窓がすべてじかに風を受けることになり、外倒しでは吹き飛ばされる。危険だし、事故も多い。そして換気にも有効だ。

「そんな言い訳は聞かない」――理由を「言い訳」と思う（気が知れない）。人の話は聞かない。金を出したくないのか、変な言い草。脅かしている意味が分からない。

「違う。安全性の問題を完全に考えている」

と言うと、社長はすかさず、

「若を出せ、若を」とわめく。大声、どうかしたのかと思うほど。「若に電話しろ」と聞かない。うちの若にはもうここに来ないと宣言されている。自分では電話しないし、できない。工場長が別の部屋から電話したらしい。

するとよほど気に障ったらしく、社長は椅子の背もたれに座った。

「ヤレッタラ、ヤレ」の一点張り。「できないのか」と言って、僕の目の前にスリッパを蹴飛ばしてきた（恫喝《どうかつ》し、スリッパを蹴飛ばす暴挙）。恐怖で震えが来た。

そうか。なら、こちらも殴りつけぶっ飛ばす。

「ふざけるな」と、目の前に落ちたスリッパを拾って殴りつけようと、テーブルの角を二か所回った。

だが……俺は何をやっているんだ。殴るよりやることがある。職人の代表なんだ。殴るより頭を下げることだ。スリッパを返し、そこで土下座をして、替えることはできないと言った。

「先生、そんなことしても俺には通用しない」

土下座の意味が分かっていない二代目め！

「替えろと言ったら替えろ」と聞かない。恐怖の発注書だ。これ以上の注文はない。

この間、二十分間。会議室の外にも怒鳴り声が響き渡ったろう。何を言っているのか分からん。

「監理をやってねえ。金払わないぞ」とわめく。

「建物をぶっ壊す。金返せ」と、意味の分からない言葉が延々と続く。

だが殴りつければ傷害事件で工事がストップする。何にもならない。完成したら思い知らせてやる。そう思い直して引き下がった。

この恫喝、脅し、悪口雑言の数々。人権無視の言動。覚えておけ！

十六　工場の二代目の反省、謝罪、責任

この二人（社長と工場長）、よく見ると表情がない。いつも何かに怒っているのだろうかと思う顔をしている。

打ち合わせを何人かでやっていると、必ず揚げ足を取る。あるいは人の話を聞いて、表

情を出したくないのか、よく目をつぶって話が終わってから、

「だから何を言いたいの」

と聞き返す。すぐには自分の意見を言わない。人の意見・意思を批判して生きている。

初代と人格・性格・品格が全く正反対の二代目……。社員がよく続くものだなと感心することもある。

工場長はこんな人間ではなかったはずである。人の顔を見るなり、「先生」「〇〇先生」と大声。そばに行くと、「これ、なんだ」「どうする、どうしてくれる」とまくし立てる。こちらが物（現場）を見てもいないうちに言われても分からないのに。

冷静に言えば済むことを、口をはさませないように怒鳴り放し。

こいつ、後でしまったと思わないのか。自分のやっていること、言っていることが分かってねえんだろうな。

この工場長は新工場のすべてを任されたようだ。張り切りすぎて自分の仕事をやってないんじゃないのかと思うほど、毎日何時間も現場を見て回る。だから先に気がつくこともあるのは事実。

工事技術者としては、仕上がるまではいちいちクレームをつけられては困る。今回は設計契約とも全く違うことを要求されていた。塗装などは三回塗りで仕上げた。素人の工場長は下塗りの時に頭ごなしに、

「これでいいのか。これで終わりなのか」

血相変えてわめく。とんでもないヤツ。

「これで終わりのわけないだろう」と僕は思うが、こちらは病み上がりで、耳も悪く、まだ体と口が思うように回らない。

「素人がガタガタ言うな」すべて心の中で。「息の根とめてやるぞ」

設計は内部構造を表し、腰のコンクリート部分は打ちっ放し。目違い払い（出っ張りを磨いて平らにすること）となっている。最後（仕上げ）まで待てば良く、いちいち口を出さんでもらいたい。

うちの二代目も、契約書を見て契約書通りに工事をすると言えば良かったが、それが出来ず、いちいち反応せざるを得なくなって、ややこしくなった。工場の場合、構造表面は何も仕上げをしないのだから問題はない。コンクリートに塗装を施すことはいけないことだ。塗るといろんな不都合が出る。塗装面が結露する。表面が滑らかだから当然だ。

十七　建築の監理・管理の重要性

「監理してねえ！」が口癖の二人。監理ということを分かっているのか。社長も工場長も得意になってわめく。

監理表二〇〇ページ、工事写真五〇〇枚。それを見るまでもなく杭打ち、基礎工事まで十月一杯。細部まで打ち合わせし、建て方前（棟上）までの段取りができた。「監理してねえ」なら工事はここまで進まない。素人は何を言っているか全く分かってない。

工程表も渡し、石材、アスコン業者も紹介し、三月五日から外構工事に着工し、順調に進んでいた。

しかしアスファルト舗装工事の手違いで、低く押さえる所が高くなり、雨水の流れが変わり、その後の工事は苦労した。ここにも、何度言っても聞きわけのない二代目の外構業者の存在があった。同じことを何度言っても聞かなかった。相当苦労して、三月三十一日に終わった。

四月一日から恐喝工事の窓の取り替え。一度取り付けたものを外し、処分し、新規のサッシを取り付ける難しい工事だ。四月六日までかかり、四月十一日の約束の日まで室内の駄目工事を含めて完成した。

すべてに対し、この怒鳴る工場長。普通に指示できず、話の仕方が分からない、いつも高圧的なヤツの言う通りやった。

四月二十三日、消防の検査日が決まり、あと十日あるので、消防署の指示で「施主に言って消火器の設置届を業者から提出するように」と、その旨社長あてにＦＡＸするが、見ていないのか、見ても無視しているのか。そんな簡単な設置届の意味が、二人とも分からないのだ。

当日の二十三日。

「消防署は今日、完了検査はできない」

消火器の設置届が出ていないためだ。

そこを頼み込んで内部の検査だけ合格した。社長に消火器をどこに依頼しているのかと聞いても、口うるさいお二人とも何も分からない。調べてもくれない。こんな会社ありますか。社員に聴いて調べるでもなく、おかしいだろう。

仕方なく僕は既存工場から設備業者を見つけ、一時間かけてその設備会社に行き、大至急とお願いして五月十日、無事消防検査があり、検査済みをいただいたのである。この二人、何もできない。分かってない。

以前に、工事完了届、社の登記簿謄本、印鑑証明書、確認済証を司法書士に渡し、登記は完了している。よってまず、外構工事含め、別途工事、契約外工事を含めて五月十一日に請求書を提出。その後、脅しのサッシ工事。協力業者と少しでも安くなる交渉を終えて請求書を提出した。

ところが一切、何の連絡もない。もちろん、一銭の振り込みもない。

人にものを頼んで金を払わない。人としてあるまじき行為。人として口の利き方が分からない。人の話を聞き取れない。人を大切にしない。

自分勝手な人間、絶対に許せない。二代目、三代目の社長だからというだけの問題ではない。

こんな人間、許す訳にいかない。この社長と工場長の二人は、僕を人間扱いせず、恫喝、脅し、悪口雑言の数々。ありとあらゆる方法で恐怖感を与えた。

そこに何の意味があったのだろう。冷静に今考える。この浅はかな二人は七十五歳の病人をいじめることで怖気づかせ、若（娘婿の二代目）に現場監理をさせることで、自分たちの契約外の仕事をさせることができると踏んだ。だからこの老人が音を上げるまでいじめ抜いたんだ。

現在提訴中。

誰が考えても、やらせた工事費を一銭も払わない……通るわけないはずである。常識ある審判が下されることだろう。しかし、それだけでは済まされない。五十年の設計監理業務一筋に生きた**こころ**の建築家を「針の筵」に縛りつけた罪は絶対許されない。

僕は彼らに、世の中においては絶対許されないということを思い知らせてやる。

二代目社長と同類の工場長

この工場長はもともと比較的温厚な人柄であった。二代目社長になっても引き続き工場長をやっている。初代社長の時は職員との間に入って、上手に扱われていた。

しかし、どこの二代目でも今までの幹部は扱いにくいものだ。

それで、今回の第二工場を見るようになったのだろうか。十月三十一日までは、今までの温厚な人間。分からないことは素直に聞いてきた。

それが十一月七日、僕の入院を聞いてからか、俄然豹変したのである。

僕の会社の二代目に、あることないこと言い始めた。決まり文句は、

「先生に言ったがやってない」「やってくれない」

本人が出て来られないのをいいことに言いたい放題。

うちの二代目は契約書を見る暇も与えられず即答をせがまれ、乱暴に怒鳴られっ放しで、
素人同士が上手く行くわけがない。

二代目に、僕が本当に「言われたことをやってない」と勘違いさせるほどの悪口雑言。

それを真に受けて、言われた通りにやってしまった。やってはいけないこともやってしまった。後始末は大変である。

十八　工場長の住宅物語

二〇〇八年、会長（前社長）からの依頼があった。

「工場長の家ですが、例によって良い、安い住まいを造ってください」と電話があった。

「工場が横浜から移転したため、工場の近くに土地を購入し、住宅を建てたい。まず土地を見てください」

「南向きの、好環境住宅を設計します」と引き受けた。

そして完成の住宅。心地良い住まいが出来上がった。

明るく広く、風通しが良い。何にも増して基礎、床部分の構造、工法が違う。床の断熱、天井壁の断熱、間口は二十ミリの合わせの強化ガラス。僕の一九九六年からの自慢の健康住宅。地震も震度五では揺れが少ない。物が落ちたりしない。

だが、そんな人に優しい住まいにも落とし穴があった。設備業者の中で、誰かがやる。今回は天井裏のダクトがつながっていなかった。考えられないことをやってしまった。

信用するのは良いこと、褒めて技術を磨くのも良いことだが、ちょっと足元を見て、「かもしれない」という言葉を頭に刻んだ方がいいと反省した。

六月、雨の日。洗面所、天井のダウンライトから雨漏りがあった。その時点では雨が漏れたと思い、屋根の補修をする。そして暴風雨のため、屋根破損、漏水による洗面所の天井・壁張り替えとして、保険金六十五万円を受け取ったと聞いている。

その後、雨のたびに連絡する。四、五回は電話した。そのつど、雨の影響は全くないとの返事であった。

千葉県に台風十五、十九号の被害が大きく、この現場も近隣から屋根瓦や外壁の片材が飛んできて、アンテナ、屋根材、外壁のクラックなどの被害状況を確認して、保険会社に見積書、請求書を提出した。確か一二五万円くらいだと思う。

「チェックした後、今だと職人が集まるので補修工事をやりましょう」

と言った。しかし、

「まだ入金されていない」「はっきりしたら、やってよ」

という返事だった。

その後、十月末、僕は病に倒れ入院してしまった。

僕の入院中、うちの二代目に「先生に言ってるけど何もやってくれない」と訴えた。僕の病名からして、再起不能と考えて言ったらしい。

そういわれたので、屋根屋を連れて屋根裏（本当は二階のフロア）を調べてみたところ、天井裏に黴《かび》の発生を発見した。

慌てたのも仕方がない。木の部分がグサグサに腐っている。下地を全部取り替え、屋根葺替えをしなくてはならない。

僕が少し口が利けることを知って、病院へ屋根屋と二人で説明に来た。

僕は、屋根については支障ないと言ったが、「やり直す」の一点張り。病人にはどうすることも出来ず、歯がゆい思いをした。

その後、関係者皆が驚くほどの早さで僕は退院した。

退院後、早速一月二十日、二十二日の二日間、現場に上がった。

屋根は支障ないが、天井裏は、湿気がユニットバス、洗面、和室押し入れへと広範囲に広がっていた。大変だ。黴はすべて落とし、綺麗に元に戻す。染み付いている場所はほとんど解体。ユニットバスや機械器具は取り替えを大至急手配する。

二月二十六日、業者の調査、パッとしない人間。ユニットバスを外して見に来る。ユニットバス、同タイプ、メーカーと打ち合わせ。

二月二十七日、工場長が命令調の大声で「ユニットバスを新しくしろ」と脅す。頭にきた。当然、取り替える。準備は済んでいる。後で返事をする。

三月三日、ユニットバス除去。午後黴取り。職人がチェックしているそばから、

「取れるんだろう？　一〇〇パーセント取れるか」

と言われ、「大丈夫」と言える人間がいない。そして工場長の口癖、

「全部ぶっ壊せ。洗面、トイレ、和室もだ」と留まることがない。

三月四日、こちらも考えている通りすべての黴を取ります、とスケジュールを伝えた。

「待ってくれ。今日、家屋調査士が来る」

その結果では「全部ぶっ壊す」と、いつものように脅す。ただし専門家が見てくれれば、こちらの考えは分かると思っていた。

案の定、調査士は「しっかりした良い住宅です」と評価していた。

三月六日、黴取りの日。いきなり今度は「工場のゴミ出してねえんだよ」と大声で怒鳴る。家に行く前に「工場に来い」と。

工場に着いて打ち合わせしていると、また大声。毎朝の電話で命が縮まるようだ。

「黴取りのやつ、どこに車停めてんだよ。非常識なヤツめ」

そこまで怒鳴る暇があったら、教えてやれば済むのに、本当におかしな人間だ。

住まいに到着。黴取り二人。隣の、同姓の家のガレージに車を入れてしまったのだ。

三月七日、黴取りがすべて完了。この男、調子に乗って関係のない所までやらせた。

三月十一日、大工工事が入る日。朝、勢い勇んで、

「どうして窓下ボードを取らないんだ」と電話。

お前、人の話をまず聞かない。職人が向かっている。お前、いい加減にしろ。俺は完全にやる人間だ。終わったら見てろ。といつも心の中に仕舞い込む。

三月十二、十三、十六、十七、十八、十九、二十九、三十日の八日間、この人間の独りよがりで、朝から怒鳴られっ放し。話せば分かるのだが。

こちらは人を動かしながら、予定を立ててやっている。何が不満なのか、おかしい。一度は家から会社に電話して長々と怒鳴っていると、横で奥様が「およしなさい」と。聞くに堪えないほどだった。

この工場長、昔はこんな人間ではなかった。

僕は二代目社長が小学生の頃から彼を知っているが、温厚とまでは言わないが、こんなに人を怒鳴るような人間ではなかった。

気弱なところはあるが、会長が社長の時代には、率直ないい人間だと上手に使われていたのかもしれない。

二代目の社長に仕えている工場長、何か会社に対してあるのかもしれない。しかし僕は病み上がりだからといってへこたれる人間ではない。この二人は恫喝、脅迫、いじめ抜くことで僕が音を上げ、うちの二代目に交替させ、好き勝手をやろうとしたのかもしれない。こんな人間は世の中に通用しない。完膚なきまで戦う決意だ。

技術を持つ人間

昔から、プロ意識を持つ職人は人のせいにすることなく、正直な人間である。自らの技術に自信を持って寡黙に仕事を見せつけている者が多い。

最近、現場内の仕上げに傷をつけても知らんぷり。そのまま立ち去る人間の多いこと。昔の職人は自ら申し出る。また自分のミスは人のせいにすることなく、失敗したと思ったら納得するまで壊して、次の日までにやり直す職人も多かった。

職人が先に金銭の要求をしたり、仕事を駆け引きの手段にするなどもってのほか。そこにはプロ意識が欠けている。監理者は世の中のクライアントの財産管理を考え、あらゆる方法を、第一印象にかかわらず考え直して対応することが大切である。

クライアントにお願いしたいこともある。良い仕事は最良の方法で評価してあげてほしい。本当の職人は金のことではなく、技術を認められることが最も嬉しいことである。

このように良い工事を見ることが少ないのが昨今の業界だ。省力化を先に考えた建設業、間違った工事の工法を、知らず知らずやってしまう。素人の集まりと言っても良いぐらい。住宅メーカー、マンション業者、建設すべてにおいて利益中心に進んでいるように見える。

大学なども本来の建築を教えていない。したがって若い建築従事者は本来の建築を見られない。実に気の毒である。

工法（構法）はキリがない。それを研究しながら、自らの創意工夫が技術躍進につながることだ。

それと建築家は建築のことばかりでなく、日本の国がどうなっているか、世の中全般を見通す眼力が必要である。

昔は画面ではなく製図版にある自分の線を誇らしげに覗くことで、遠くの世の中のことが脳裏をかすめたりすることもあった。

であろう。

二代目の問題、そして若者たちの諦め

二代目にどうして問題があるのか。

初代の経営者は、夜を徹して働き、世の中全体を見回し、ありとあらゆる考えを駆使し、人との和を重んじ、助け合い、そして信頼を得るまでには並大抵ではない努力をされたのであろう。

それを二代目に譲る時、黙して多く語らないのは、先代の自分を見ていれば分かるはずと思ってのことだろう。大体、子は親の背中を見て育ち、ある時は意志を受け継ぎ、それを十分生かし、ある時は反面教師として認め、自分なりの世界を作っていくものではないだろうか。

また日本の文化資本、いわゆる職人社会においては、昔から徒弟制度があった。

職人は親方の背中を見て真似をし、技を盗んで技術を習得し、そしてまた次世代につないで日本の伝統を守ってきた。それが日本、日本の文化資本を守ることになる。

ところが営利主義の建設業、ハウスメーカー、リフォーム会社が儲けだけを考えるあまり、時短、杜撰《ずさん》な工事をして、そのうえ十分監理することもしない。

大概は構造の勉強などしておらず、設計図にもなっていないので職人は理解せず、とりあえず早く終われば褒められる。

「早くやれ」「安くやれ」、工事量をこなせば「金になる」、こんなことで本来の仕事など

できるわけがない。

現在何でも「合理的」と言っているが、それは楽して生きているだけではないか。

深く物事を考え、感動する喜びが人を形成していくはずである。

「俺は俺。初代？　初代や親方は怖いだけ。関係ない。コンピューターがすべて教えてくれる」

……駄目だ！　コンピューターが人のこころを教えてくれるか。何度も何度も失敗を重ね、経験していくうちに自分のものになる。

コンピューターは速い。だから辞書を引かない。地図を見ない。新聞を読まない。だから字が読めない、書けない。そういう若者も少なくない。

「若者」という字は「苦しい者」という字に似ている。

だから昔から「苦労は買ってでもしろ」と経験を積んだものだ。

ここでもう一つ、辛抱しろという。「辛」に「一」をプラスすれば「幸せ」を掴むことが出来るのだ。

しかし若者から見たら「そんなオヤジは古い」と片づけられる。

これが「平和ボケ」の始まりだ。

親や先代の苦労など関係ない。「そんな昔の話、非常識」とまで言う。

本当に日本は心配である。

どうしたら相手を思う「互譲精神」の復活を望むことができるか。もうそろそろ国民一人一人が心して考えなければならないと思う。

十九　若者達へ夢を託そう

そのためにも国が、政府が考える必要がある。

先代、または経験豊富な先輩の話に耳を傾けても損はない。

彼らは良いにつけ悪いにつけ、大いに失敗や苦労を重ねたことだろう。

それを自分に置き換え、先輩方の動向をまず見て、今後は自らがどのように考え行動するか。

「間」を大切に、一呼吸おいてから、ちょっと考えてから、答えを出しても遅くない。そういう「間」を取りたいものだ。

デジタル化も大いに良い。イエス・ノーが早いのも良いが、ちょっと間をおいて考えれば必ず自身のプラスになる。

そして相手のこころを考えて（想）発言しよう。

互譲の精神により、必ず君たちの手で日本を守ることが出来るはずである。

第四章　正直者は馬鹿を見て、悪い奴ほどよく眠る

一　老建築家のこだわり

　僕は母に一度嘘をついた。確か小学校四年生の頃、ある店に使いに行かされた。いつも行くとその時、（店主が）お駄賃をくれるのだ。だが、その日はたまたまお菓子だったので、道すがら食べてしまった。

　その後、母に「今日は何をもらった？」と聞かれ、「何も」と、つい答えてしまった。子供ながらに食べてしまったことで、叱られると思い、（思わず）嘘をついてしまったのだ。

　母には簡単にばれ、烈火のごとく怒られた。

「誰でも誤魔化したり、嘘をつくものだ。しかし一度嘘をつくと死ぬまで嘘を言ってしまうもんだ。だからお前は一度きりにしろ」と……。

「いつも胸に手を当て、お天道様を拝めるか。嘘をついて人を騙すより、騙された方がましだ。お前は騙し通せないのだから正直に生き続けろ」

　十歳の少年には、母の大きな声が逆に切なかった。この胸に焼き付いて離れることはない。

　ある冬の寒い日、氷点下十度以下の部屋を与えられた。「ここで勉強しろ」と。それが母の作戦だった。

四年生の少年は「寒い、寒い」を連発したが、「ここで『寒い、寒い』と言っているだけで暖かくなるか？　馬鹿○○！　自分で考えろ！　工夫することだ」

そして一番寒い北東の部屋を与えられた僕は、自分の身長から考え高い天井が寒さを感じ、九尺の天井を下げるべく、六尺の高さにし、二重天井を造った。そこに新聞紙を丸めて天井裏に詰め込んで、壁にも机の下の周りにも毛布を張り巡らすということをした。今で言うところの断熱工法だったのかもしれない。それを見た母は、「凄い。お前の将来は決まった」。

母の作戦にまんまと引っ掛かり、建築家となった。その（母の）教えを守り続けて七十五歳。騙されることの多い人生であった。それでも母に感謝こそあれ、恨むようなことはない。

二　夢枕の母の教え

母が亡くなって二十二年、時には夢枕に立つ。

それはこんな夢だ。

電話を取ると「どうした？」と、自分で電話をよこしておいて「おい」と、いつも聞く。

そんな時、泣き言を言うと、

「馬鹿だなあ、お前はお人好し。金儲けするたびに他人《ひと》は人相が悪くなる。お前にそんな顔が出来るわけがない。人の価値は金では計れない。損して徳取れ。徳は損得の得ではない。コツコツ努力して頑張るだけだ」

昔から同じことを繰り返す母の教え……。やはり言いつけ通り、良いことも悪いことにしても、それに近い出来事がずっと続くものだ（禍福は糾《あざな》える縄の如し？）。

三　病気のデパート

僕は三十代の頃から頭痛持ちで、ぎっくり腰から椎間板ヘルニア……と何かと病気がちだった。そして、四十代は脊柱管狭窄《きょうさく》症に肝炎と。病気のデパートとまで言われるようになった。だからいつも体調が悪いが、それでも毎日仕事に明け暮れていた。

その頃の仕事の一つに、世田谷区の東急沿線近くに内科病院があり、そこの院長夫人から依頼があった。

「娘の結婚に合わせて六十坪の住宅をお願いしたい。ただし、若い医者なので十五坪は賃貸にしてほしい」と。

新婚さんの住まいとして、四十五坪はかなり広く、満足の住宅が出来た。

その間、母上も建築に詳しいが、医師であるお嬢様も僕の説明に対し、工法はもちろん仕上げや設備についても鋭い質問をしてきた。常にメモを忘れない。

それに対して、こちらも的確な応答をした。建築についてよく勉強する、凄い女医さんだなあと印象づけられたものだ。

完成立ち会い時は大変お喜びになられ、無事引っ越しをされた。

四　命の恩人

1　建築工事に詳しい女医さん

新築し、引っ越してから毎年年賀状のやり取りを続けていた。大きな字の宛名。不思議に思っていた。そして十九年後、呼び出された。

「これまで母の造ってくれた住まいは大変住みよいものでした。でも子供が三人出来て手狭になってきました。この際お願い。外観を一切変えずに中を全部壊して、新しいプランを造って改築してください」と。

プラン、構造も何もかも僕の頭の中で甦る。

「やってみましょう」と返事をした。

「そう来なくちゃ。やはり待っただけのことはあるわ」

ただし、大変な条件が出された。春休みが始まってから着工し、五月の連休前頃までに完成させてほしいと。

「それは無理です」

「いいえ、先生なら絶対できるわ。今のお顔怖かった（それは無理、と思って難しい顔をしていた）けど、五月の連休まで四十五日あるの」

無理だ。しかしやるだけやるしかない。

三月中旬から始めた。住みながらだから、除却（解体）も大変だった。丁寧に毀《こわ》し始めるのに、特別十三人の「侍」を集めて、死ぬ思いでスタートした。

だが、やはり無理をしたため、何度も現場で倒れ、点滴を打たれる羽目に。現場監理は都合一五五時間の拘束であった。

とにかくいつもそばに呼ばれ、昔の建築手法を覚えているものだから、

「先生がすべて教えてくれたでしょう。いい家が出来る、嬉しいわ」と得意になって喜ぶ。

こちらの、我々職人の苦しいのを全く知ろうとしないのだ。職人が怒鳴られるので、僕が目の前に立って、職人の盾になるしかなかった。

竣工間際、歩いていると、近所のおばあちゃまが僕の肩を抱くようにして、

「先生、いい加減にしないと殺されるよ」と。

それまで脇目も振らず懸命に現場に張り付いていたのだ。

その頃、父が倒れた。札幌の姉から、

「今、父さんの意識があるうちに帰って来て」と。

ちょうど土・日は現場に入らない約束なので、金・土・日の予定で札幌に行くことにした。黙って行こうと思ったが、

「父の見舞いに行きます。父は両目失明で、耳もほとんど聞こえないので、今のうちに僕を見せておきたい」

「先生、信じられない。土・日も何が起きるか分からない。私のこと心配でないの？　私には患者をほっぽって親の顔を見に行くなんてできないわ」

そこまで言われたら札幌行きをキャンセルするしかなかった。

「父さん、ごめんね」と何度も言い続けた。

とうとう父の意識あるうちに親孝行はできず、二〇〇〇年五月十二日に旅立った。

工事は五月一日に終わって、夜中の一時三十分、第三京浜に入ったところで電話が鳴り響いたのでハンズフリーで出た。

……無言。じっと耳を澄ましていると、しくしく啜《すす》り泣く声が聞こえる。

「どうしたの？　また気に入らないことが起きたの？」

「先生、違う。床がびしょびしょに濡れてるの」

「そりゃ大変。川崎インターからすぐに戻ります」

「違う。先生方の仕事に感動し、泣いているの。本当に、本当にありがとう」と泣き声を後に電話が切れた。複雑な気持ちだった。しかし、この医師がいたおかげで僕の病気が発見されたのだ。

この医師の勤務先である総合病院で精密検査を受けた。

結果、B型肝炎（体調が悪かったのはこのせいか）で憩室に異常、そして胆のう内は細胞が大きく、がんの恐れがあるとのことだった。

建築中は職人がいつも叱られ、僕が他で仕事をしていても、医師から「今どちらですか、すぐ来てください」という電話が入る。

「仙台です」「九州です」と言っても、「明日の朝一番で現場に入ってください」と、いつも大変な思いをした。

しかし、僕の体については感謝している。

2　第二の命の恩人。やはり女医さん

川崎駅近く、父、弟、そして本人の三診療科の病院があり、そこで小児科だけを隣接地にビルを建てる設計依頼があった。

四階建てで、延べ一三〇坪の建物である。

三、四階は住居で、両親と本人の家族の専用住宅である。一、二階部分を小児科の女医

さんが使う、という計画。

一階は小児科スペース、二階は児童のためや、ママさんのための子育て教室、コンサートホール、波動研究室などがある多目的空間であった。

万全の病院が完成した。もちろん保健所の手続きもお手伝いして開院した。

ところがその先生、理由《わけ》あって、父上が亡くなった後、母と弟の二人に追い出されてしまった。実姉の小児科医を追い出すため、これまで甘やかされて育った男（弟）がママに泣きついたのである。

すると次の年、今度は本当に小さいながらもフル設備の小児科診療所の建築を頼まれ、七月に開院した。僕は大変感謝された。

この診療所は小児科とはいえ、年配者も数多く受け入れていった。僕が紹介した、この先生の真の医療に対して、診療を受けた患者さんから、僕自身も非常に感謝された。

この小児科病院は、以前の六十五坪から十三・五坪に変わった。小さいながら可愛らしい心のこもった小児科診療所である。

工事中、僕は長年患っていた脊柱管狭窄症の痛みに堪えながら、椅子付き杖を持って、座りながら現場監理を行っていた。その姿を見かねて、

「情けないわね。でもこの診療所、大変気に入って、満足しています。今度は私に体を預けてみない？」と言われたのである。

次の日からその先生の診察を受けた。

もちろん先生は腰痛の治療をするわけではなく、多分波動を用いて体の変調を見つけてくれたのかもしれない。

本を貸してくれた。米国医学博士の本、ペインクリニック……。難しくて何のことか分からない。何度も何度も読み返し、そこで自分なりの考え、結論を見出した。

凄い本だった、というより本を貸してくれた先生に感謝である。「腰痛は何かに対する怒りから来る」とわかった。「怒りはストレスから来る」ので、ストレスの原因を見つけることが大切なのだ。

その後、半年経ってまた本を貸してくれた。『無条件の愛とゆるし』（エディス・R・スタウファー著）。この本はますます分からない。読むと眠くなるだけだ。

僕は考えた末、せっかく貸してくださったのだから、しっかり読もうと決めた。目で追うと駄目だ。そこで音読して録音をすることにした。いつでもどこでも車の中でも、自分の声で聞こえてくる。何度も聞いているうちに記憶することができた。

この先生、なぜ二冊の本を貸してくれたのか。この二冊は僕のその後の人生にとってかけがえのないものになった（試験勉強の文章は録音するのが一番だ）。

——その後が凄い。

「ちょっと遠いけれど、前橋の整形外科に行ってごらん……。院長のK先生を紹介しておきます」

その日、八時三十分、「時間ピッタリでシャッターの前に立つこと。いつもの杖は持参してはいけない」そう言われた通り、時間ピッタリに玄関シャッターの前に立った。その瞬間、シャッターが開き、自動ドアが開く。驚いたことに、そこには白衣の先生五人が勢揃いしていた。

「院長のKです。今日は泊まっていただくかもしれません」

僕も「初めまして。今日はよろしくお願いします」。

隣の先生は、「内科消化器科のSです」。

三人目は外科の先生、四人目、五人目の先生方の挨拶。姿勢の正しい最敬礼。僕も五人の先生の前で「よろしくお願いします」と、先生方につられるようにできるだけ姿勢を正し、一人一人に敬意を表した。

その後、血液検査、X線内外科、最後にCT、MRIの検査。終わった時は午後三時を過ぎていた。四時に院長室に呼ばれた。

院長は難しそうな顔をされ、

「検査結果が出ました。脊柱管狭窄症の症状はありません」

とおっしゃられ、それを聞いて僕は、先生の症状という言葉を聞き洩らしてしまった。

次の日から杖も使わず、腰痛の言葉も頭から消え去ってしまった。

歩く喜びを知った僕は、普通以上に歩いた。飛行機で北海道の釧路から鹿児島まで、九か月で二十五の地方に赴き、一日に十キロも十五キロも歩き続けた。

その後、前橋のK院長にまた呼ばれた。どうも調子に乗って走り回っているようだと耳に入ったようだった。

「脊柱管狭窄症は治ることはありません」

僕が疑問に思っていると、

「私が、症状がないと言ったのは、貴方の挨拶の姿勢を見て症状がないと言ったのですよ」と。まあ僕は、狭窄がなくなって良かったと勘違いして良かったのかもしれない。

小児科の女医先生は、二冊の本といい、遠いK院長という名医に会わせてくれたことといい、本当に命の恩人である。

3　本当の命の恩人、細やかな気遣い、そして「愛」

特筆すべき命の恩人はもう一人いる。藤が丘の外科診療所の院長である。

僕が二〇〇一年、慶応病院で脊柱管狭窄症について、手術以外完治する方法はないと言われ、その年の暮れに入院。手術を待つことになったが、一向に声がかからず、院内で揉めているのをいいことに退院してしまった。

そして次の年、忙しく働き回り、車で仙台、山梨、もっと遠くは北海道、九州と空輸で駆け巡り、とうとう七月、倒れた。

そのまま大学病院に入院。二十八日間、飲まず食わず、点滴治療のみで生きながらえていた。そして卵大の憩室炎（憩室がんかもしれない）を治療し、命拾いをした。その後、十一月一日には胆嚢がんを完璧に摘出したため、全く心配なくなった。

それからさらに六年後、大腸内の四・七センチのがんを切除してもらった。この先生はすなわち三つのがんの治療および切除を完璧に行った名医だ。これを放っておいたらと思うと、ぞっとする。本当の命の恩人はこの先生であるかもしれない。

その後もずっと心配してくれて、先生の方から電話をいただいたり、こちらからも電話で相談したり、他の患者さん、知り合いの九十二歳の女性のがんの摘出もお願いした。

絶対失敗しない名医。三十分、四十分の手術、術後の一時間後には帰宅させるような凄い名医である。

今でも僕の携帯に電話をいただく。「元気で良かった！」と。髄膜炎での退院をした後だった。本当に喜んでいただいた。

4　凄腕の名医

三十代、乗りに乗っていた頃、でも腰痛は酷かった。

その頃、小児内科の先生に設計を依頼された。地下一階、地上二階建て、七十五坪の住宅であった。

当時には珍しい一〇〇インチのテレビにダイヤトーンのスピーカー、そしてバックにボーズの四チャネルスピーカーで、大広間は三十畳内を鳴り響かせ、先生と二人で子供のようにはしゃぎ回り、クラシックを聴いて時間も忘れたものだ。このようにお客様と心打ち解ける喜び。本当に建築家になって良かった。

設計時の打ち合わせは先生の診療所で行った。すると先生が周りを見渡し、これを何とか有効利用できないかと、時々おっしゃられていた。

住宅（ご自宅）が終わるとすぐ、大学病院の整形外科個室に入院させられた。もう駄目だね……。

脊柱管狭窄症は治らないものと（諦め）、頃合いを見計らって退院すると、先生から待ってましたとばかり連絡があり、打ち合わせに入った。

地下一階、診療所と貸室二つ。地下は明るく、通風も良かった。僕の理念は三階建てですべての部屋十室に日が当たり、風も通ること。二方向、三方向に開口がある。僕の手法は鉄筋コンクリート造りで建てて、家賃もしっかり確保できるので、十分に採算が合う建物だった。だから本当に喜ばれ、今でもお付き合いがある。

その先生の凄さは患者の観察力だった。適確な医術も凄いが、話術、判断力が凄いので、病院は患者で一杯である。

郵便はがき

料金受取人払郵便

新宿局承認

3971

差出有効期間
2022年7月
31日まで
(切手不要)

1 6 0-8 7 9 1

141

東京都新宿区新宿1－10－1

(株)文芸社

愛読者カード係 行

ふりがな お名前			明治 大正 昭和 平成 年生 歳	
ふりがな ご住所	□□□-□□□□			性別 男・女
お電話 番 号	(書籍ご注文の際に必要です)	ご職業		
E-mail				
ご購読雑誌(複数可)			ご購読新聞 新聞	
最近読んでおもしろかった本や今後、とりあげてほしいテーマをお教えください。				
ご自分の研究成果や経験、お考え等を出版してみたいというお気持ちはありますか。 ある ない 内容・テーマ( )				
現在完成した作品をお持ちですか。 ある ない ジャンル・原稿量( )				

書　名				
お買上 書　店	都道 府県	市区 郡	書店名	書店
			ご購入日	年　　月　　日

本書をどこでお知りになりましたか?

1.書店店頭　2.知人にすすめられて　3.インターネット(サイト名　　　　　　　)

4.DMハガキ　5.広告、記事を見て(新聞、雑誌名　　　　　　　)

上の質問に関連して、ご購入の決め手となったのは?

1.タイトル　2.著者　3.内容　4.カバーデザイン　5.帯

その他ご自由にお書きください。

(　　　　　　　　　　　　　　　　　　　　　　　　　　)

本書についてのご意見、ご感想をお聞かせください。

①内容について

②カバー、タイトル、帯について

弊社Webサイトからもご意見、ご感想をお寄せいただけます。

ご協力ありがとうございました。

※お寄せいただいたご意見、ご感想は新聞広告等で匿名にて使わせていただくことがあります。

※お客様の個人情報は、小社からの連絡のみに使用します。社外に提供することは一切ありません。

僕は腰痛の他に頭痛持ちで、車を運転し首を氷で冷やしながら走ることもたびたびであった。

その日は三十九度五分の熱。「風邪の症状はない」と電話をすると、「今すぐ車を走らせて来なさい」……と。

僕が飛んでいくと、待っていてくれた。そして注射。二十分もすると熱は六度五分に下がっていた。「すぐに仕事に行きたいんでしょう?」とすべてお見通しであった。

このように患者が何を望んでいるか(を見通し)、適確な診察をしてくれる、まさに凄腕で心のある先生……。だから「お医者様」と言われるのだ。

五　地方の救世医

さいたま市に凄い医者がいる。この方も、やはり女医さん。優秀と言うより、患者が安心して診ていただけるということで、いつも診療所が満杯である。

とにかく、今までの僕の命の恩人と同様、患者の訴えをよく聞くという共通点がある。本当に愛情をもって診察してくれるのだ。みんな満足し、病が楽になって帰る。

それにもっと凄いのは、休診時間の十二時から十五時の間、往診に回り、また地域医療活動や、小中高の校医もこなしている。全く休んでいる時間がない。その間には薬局方との打ち合わせもある。まさに強じん的活動に驚く。僕が医者であったなら、半分ほどお手伝いしてあげたいものだ。

休診日だって患者さんの相談を受ける。どなたかお力を貸していただけるお医者様がいないものかと、僕が気を揉んでも仕方のないことだが。

この先生の「医療の本心」実現のために、極力お手伝いさせていただきたい。

今までの七人の先生がいらっしゃったからこそ、僕はここに立っていられる。

僕はラッキーな男だ。いつも助けていただいた先生には、感謝しきれない思いだ。

本当にありがとうございます。

まさに医者の鑑《かがみ》、医術三、話術七、対話の力だ。

六　整形外科医の中で

整形外科の患者はよく先生に聞かれる前に答えを出してしまう、そんな患者のなんと多いことか。先生が何も言わないうちに自分で病名をつける患者に問題がある。

次のお医者さんは、武蔵小杉に新しく整形外科医院を開院したいと依頼してきた。ビルの二階、五十六坪。まああの広さだ。そのスペースを基に設計していた。

現地調査の時、偶然隣接のスペース三十六坪が、近く転出するとの貼り紙を見た。このチャンス、見逃すわけにはいかない。絶対、合わせて九十二坪にすべきだと進言した。

家賃のことや、管理会社に建設工事をさせるようになっていたことを、ハタと考えた。その無駄を何とか省きたい。そこを通せば実質家賃も下げられる。自分のところで管理事務所と上手く対話して、こちらのことも分かってもらい、差額二〇〇〇万強が造れた（浮いた）。

その結果、ほとんど先生の望んだ機械設備がセットされ、立派なリハビリテーションセンターになった。三室の診察室は明るく、広い。受付も待合室も想像以上で、思った以上の診療所を開院できたのである。

もちろん、行政の医事課、保健所などを走り回り、工程の厳しい状況で、一週間は職人たちの頑張り（協力）で、先生の希望日に開院の運びとなった。

当時、どこの整形外科でも、高齢者に対しては老化で片づけてしまう先生方が多く、ちょっと患者を診て、気休めのリハビリで時間と金を稼ぐことがなんと多かったことか。

しかし、そんな中、この先生はしっかりと患者の体を診て、十年以上患っていた患者を、見事一本の膝への注射で完治させたのである。本当に患者のこころを読み取るまで診て、最適の治療を施していたのである。

まさに問診・観察力、そして対話。

七　名歯科医、実は

学会が好きで患者を診ては論文にする。どちらかと言うとお金が嫌いではない。

今まで僕は本当に良い先生に巡り会って恵まれていた。しかし、途中までは名医でも、良い先生ばかりではなく、とんでもない医者に出くわすこともある。

最初はやはり住宅を建て、大変喜ばれた。一年後、ある駅前に高級な歯科診療所を建てた。高級診療所に相応《ふさわ》しい石貼りの診察室を完成させ、患者さんにまで喜ばれたものだ。

そして少し経ち、この先生の九十二歳の母上が山形の酒田に一人でお住まいだと聞かされた。そしてそのお母様のために新築を依頼された。

いざ設計打ち合わせの時、

「廊下が二メートルあるから、両サイドに手すりをつけます。高さを決めましょう」と寸法を測ろうとした。

すると高齢のお母様曰く、

「そんなもの要らない。そんなものに頼るから、体が曲がっちまうんだ。良い姿勢で歩くのが一番」と。

九十二歳の母上から良い勉強をさせていただいた。遠方ながら楽しく設計工事を進め、完成させた。と、そこまでは良かったが……。

山中湖に別荘を依頼された時のこと。確認申請まで終わり、着工の段階で、（先生の）知り合いの建築関係の人間が出てきたのである。こちらは崖地の設計経験もあったので自信があった。

僕の考えは、自然の山に逆らって垂直に擁壁を造成してはいけないということだった。雨水の流れを堰《せ》き止められず崩壊する恐れがあるからだ。よく行政が宅地造成業者に許可を出すものだと呆れ返ることが多々ある。

自然に逆らうのは金儲けのため

山を崩し、無理矢理に伐採し、丸坊主にする宅造開発はけしからん。基礎は山の勾配なりに造ることが必要で、後は滑り止めの方法が大切である。

これは長年何度も経験した結果に得られた結論である。それなのに、院長先生の知り合いの建築屋が昔の基礎工事しか知らず（勾配に逆らうように垂直の擁壁を造ろうとして、勾配なりの基礎組みをする）、経験もないくせに、僕の基礎工事を非難したらしい。

幾つもの設計・建築をして信用されていると思ったが、たった一度の誤った意見、横槍を信じてしまい、気が変わってしまうことも、医師には少なくないものだ。

「先生、これはおかしいですよ」と御注進に及ぶ、よく考えもしない馬鹿な建築屋の話を真に受けてしまう。自尊心を煽るような話し方で喜ばせるものだから、（稚拙な意見を）

信じてしまう。

「私の設計を信用していただけないなら、説得にも応じていただけないなら諦めます」

僕は誰のために（貴方のために）一生懸命やった？　それを信じてくれる施主のために建築があるのです。それが分かっていただけないのでしたら、降ります。

信用できない人間に建築を依頼すべきではない。このような人間には二度と会わないだろう。

八　兄弟喧嘩の後始末か

次は甲州市の病院を紹介された。以前、弟と本人の病院は、病室もあった二階建て、鉄筋コンクリート造りである。スペースも広すぎたので、こぢんまりとした内科診療所にしたい。余ったスペースも活用する方法を是非考えてもらいたいと。

また驚くことに、南側には四〇〇坪の空き地があった。ここに目をつけない手はない。当時、僕はまだ六十歳を過ぎた頃だった。

第三期青春時代集合と称し、建物名も「シニアパレス」と。改装し、十三室の共同住宅プランにした。二階からは富士山も見える。年配者がテニスや卓球をしたり、夜は麻雀や音楽鑑賞会なども。またゴルフをやる人には、目と鼻の先にゴルフ場がある。スポーツも趣味も楽しめる施設を造る。

すべて計画も順調に行き、シニアパレスは着々と進み始めていた。

この先生、実は他にも駅前に土地があり、有効利用を考えてほしいとのこと。さらに八王子の実家が相当古いので見てほしいと。そこはかなり古い木造の二階建て。基礎もクラックが大きいし、外壁も傷んでひび割れが目立っていた。

マンションを建てたらどうか。自宅を最上階にする。六階建てや五階、四階建てと六つのプランを立て、それぞれ見積書も提出し、検討してもらった。

それに僕の設計した物件を見学してもらうため、新宿、渋谷、世田谷などの物件を見ていただいた。この先生にはいろいろ注文されるが、自分の意見、意思をはっきりさせないところがあり、一時こちらから一切連絡を取らないようにした。

三か月も過ぎた頃、電話を下さいと言われ、再度打ち合わせが始まった。三年にも及ぶ長丁場の打ち合わせとなった。

九　シニアパレス、苦難の誕生

そしていよいよ、シニアパレスが復活したのである。しかし、果たして入居者がいるのだろうか……と不安になっていたので、地元の不動産会社にも依頼をかけたが、無理なため、僕自身付き合いのある六十歳前後の方向けにパンフレットを作成し、自ら営業して歩いた。首都圏の会社の会長、社長、幹部クラスの予約を取り付けた。

プランが出来、着工日も決めた後、材料もカナダ・バンクーバー港を出航し、仮置き場も着工の職人の手配も決定した。

僕は何の野心もない。元気な年寄りが増え、ますます元気になることだけを望んだ。保育園も近く、この子達と自分達が作った野菜を入れたバーベキューも楽しいだろうなと思っていた。

この先生の八王子駅近くの住宅は、とりあえず改装することにしたので、隣近所の挨拶も済ませたところであった。僕は先生や入居者のため、全部段取りしたのである。

それなのに、これも誰かの横槍が入ったのだろう。誰かが先生に、「乗っ取られるんじゃないか」と思わせぶりのことを呟《つぶや》いたらしい。

上京した折、僕の建物を車で案内してやった際、とても感心してくれた人間が、すぐに気が変わってしまうものなのか。お膳立てがスムーズに行ったからなのか、答えは「頼んだ覚えがない」。つまり一銭も払うつもりがないとの返事だった。

こんな医師が満足に患者を診ることができるのだろうか。このような、頭が良いと思っているだけの、自尊心の強いだけの奴って、どうなの？　人の気持ちや苦労など何とも思わない。三年も付き合って、二十数回、法務局などすべての走行距離は数えきれないのだ。

相手の仕事をみんな無視して、自分では直接言えない奴。

「勝手にやった。頼んだ覚えがない！」

弁護士からの通知。

理由が明確に言えない医者の、お決まりのセリフだ。

十　嘘で固めた人間に患者を預けられるか

次に前述の整形外科の先生からの紹介が事務所にあった。隣に内科を開院する先生を紹介された。

ちょうどその時、僕は札幌にいて事故に遭った。胸と足を打って、声も出づらい状態であった。断ればいいのだが、昨年成功した先生の紹介だし、何とか騙しだまし、我慢したら先方には分からないで済むだろうと考えた。

六月二十三日の午後三時に約束をした。時間通り、現診療所で打ち合わせをした。その第一回目の打ち合わせは院長と、その夫人（事務長）とだった。

テナントビルの賃貸にはトイレがないのが普通なのだが、トイレの場所が決まっていた。恐らく内科の検査室のため、トイレを作るのが賃貸の条件だったらしい。

初対面で奥様の性格がきつそうだと気づいた。注意すべきだな……（と感じた）。何せ院長より発言力がある。声がでかい。

やはり最初に、ピアノが弾きたいので場所を確保したいと。その場所の指定が難問で、広さについても一歩も引かない。この日は条件を聞くのみで、次回プランの提出を約束した。そして院長、

「先生のことは存じております。すべてお任せします」だった。

皆、最初はそう言うのだ。ただやはり悪い気はしない。帰ってからプランを何通りも考えて……。

二日後、出来たプランを持って打ち合わせの約束をした。

六月二十六日、二、三のプランの打ち合わせをした。

プランを再度見ながら「現場のオフィスで打ち合わせをしましょう」と申したら、

「それはちょうど良い。見ながら打ち合わせしましょう」と、次の日の約束をした。

六月二十七日、十三時に現場を見た。やはりトイレが決まっていた。そしてスラブ（床）から二十七センチも上がることに。これがネックになるのは見え見えだった。

その後、室内の天井を見て唖然とした。設備が何もかも取り外されている。水道、電気のメーターもないのだ。これは大変なことだ。このビルは古く、設備もほとんど旧式で、今発注しても在庫はない。恐らく調達するのは無理だろう。

すぐに設備業者と綿密な打ち合わせをしなければならないので、立ち会ってくださいま

すかと話したら、院長は、

「先生には全幅の信頼を寄せていますので、鍵をお渡しします。自由にお使いください」

と、鍵を手渡されるほど信用されたのだった。

しかし、このビルは必ず入室前に管理事務所に立ち寄って記名し、鍵を開けてもらうことになっている。だから預かった鍵は一度も使っていない。

そしてその日、開院の日程目標を知らされた。十月十五日、開院。この設備のない状況から、かなり厳しい日程目標だった。これは現在の駅前の内科に、立ち退き期限があるのかもしれないと思わぬでもなかった。

「先生を信用しています」の言葉が耳を離れなかった。

「できる限りのことをしよう」と思い立ち、計画にかかった。

その後、三十日から八月までに数回、打ち合わせを行ったが、事務長のピアノ室だけがなかなか決まらなかった。

事務長は思うようにいかない状況に声を荒らげた。困った夫婦だ。打ち合わせ終了前には必ず口論するのだ。人前で声を荒らげる。そんな夫婦を見たことない。薬の卸業者もそう言っていた。

八月に入ってプランがまとまったところで、現診療所で身振り手振りを交えながら壁伝いにラインを引いて、トイレのための高低差のあるところで、一メートルにつき、たったの三センチ差、全く問題がないと説明した。

内装の仕様の打ち合わせは大切なので、

「今度は仕上げを決めます」

当然、隣の整形外科のパーテーションと同じでなければならない。時間もないので、今回もパーテーションはコマニーに依頼しようとした。

製作まで時間もかかるため、タイプやカラーを早速決めなければならない。普通は大体、カタログと見本で決まるものだが、実例をショールームで見たいということで、コマニーショールーム訪問の約束を取った。

八月四日、事務長だけが来店した。

そのショールームには六、七人のスタッフがいたのに、説明を満足にできる人間がいない。本来のショールームの体を成していなかった。パーツの組み合わせが出来ない。

案の定、二時間後、事務長を不機嫌のまま帰してしまった。ショールームの人間は自分たちの対応が悪いことを全く理解できていないのだ。会社の理念が全くない。素人としか言いようがない。その後、事務長（夫人）は院長に不満をぶつけたのだろう。突然、院長が電話をして来た。

「コマニーはいい加減です。断ってください」と。

天井に埋め込む機械設備を決定するために、現場の方では天井の墨出しを急いだ。そして床組みと下地の造作である。大工たち六人には盆休みも返上してもらった。八月十一日から十六日まで、異例のスピードだった。

肝心なところはいつも

八月十七日、ご夫妻にも床や天井の下地をチェックしていただいた。このように肝心なところは見ていただいていた。

次は壁天井の軽量鉄骨の下地工事を施工する。そこでもまた現場で、その壁、天井が出来たところで見ていただきながら打ち合わせをした。

だがこの先生、やっている職人たちに一度の声かけもなく、一言の労《ねぎら》いの言葉もなかった。この手の人種は自分がトップで、やっていただく、やらせていただくの三位一体を知らなすぎるのだ。

それでも現場を見た印象をおっしゃってくれた。

「これなら高さも広さもよく分かりますね」と。

八月二十一日、打ち合わせの時、一人の若い娘がそこにいた。

院長からいきなり、その娘を紹介され、

「この人に内装をお願いする。よろしく」と。

話を聞くと、二級建築士の肩書きで、ほとんど経験がないそうだ。僕の質問にも、なんとなく自信なさそう。

院長、おかしいのではないか。こんな娘が（現場を）まとめられるわけがない。

だがその日は、そのまま帰ってきた。

八月二十五日。収納についての寸法などの打ち合わせがあった。

前日と違う男女二人がいた。院長がまたも、

「インテリアは彼女らに任せます」だって。何を考えているのかよく分からない医者だ。

後で聞いたところによると、僕の現場にいちゃもんをつけたらしい。仕事の旨いところが欲しかっただけか。

人の行った仕事に難癖つけて、仕事を受ける（もらう）のは最低の人間だ。プロにはそんな技術者はいない。このような人間はずいぶん増えてきた。

こんな人間の言うことを鵜呑みにした院長夫妻はわずか一日で気が変わる。余計なことを言ってしまったかもしれない。

来週の打ち合わせを決める時、先生に申し上げた。

「二十八日から来月の二日まで所用で札幌に行きます」。言わなきゃ良かった。

「では見積書と契約書は二十七日が休診ですので、ポストに投函しておいてください」と。

「それからお願いがあります。銀行用に一〇〇〇万を上乗せして契約書を作成してくださ

い」とのこと。これだけのマル秘情報をあからさまにする。信用していないと頼めないことではないだろうか。この医師は何も考えていないんだ……。

約束通り契約書を二通ずつ作成し、二万円の印紙をそれぞれ貼っておいた。そして別紙に捺印の方法を書き込み、解りやすく説明書を添えた。そして、それを二十七日の雨の日、濡れないようにビニールで包んで休診中の診療所のポストに投函した。

院長から二十九日十一時、受け取った旨の電話があった。

僕はどういたしましてと言って、「投函書類を確認してご検討ください」と申し上げた。その午後、「消費税が入っていない」と声を荒らげてきた。

「最初は合計金額にプラスマイナスが出るので、消費税抜きで正確に出すのが普通です」と、電話で説明した。

突然の解任

たった一日経った三十日、「先生を解任します」。

……何を言っているの、この先生！　世の中を甘く見ているのか、全く自分本位の人間だ。僕はまだ札幌にいて、すぐ帰京することも、話し合いにも行けない状況だ。そこまで考えての蛮行だ。会うことができないタイミングを選んだのだ。こんなことが通ると思っているのか。「信頼してます」と言って仕事をさせたのは誰なんだ。今、僕を解任して、設計をやり直して、開院まで一か月半なんて間に合うわけがない。

こちらは設備機械を発注して現場搬入を決めたところを、やむなくストップさせた。

なぜ、院長の気が変わったのか考えた。

仕事の欲しい心ない会社が、いちゃもんをつけて横槍を入れたに違いない。金の亡者にこちらの見積もりより安くすると言って、院長を喜ばせたに違いない。

その業者は案の定、設備機械の発注ができなかった。そして、なんと図々しいことに、「そちらが考えている機械を購入したい」とメールしてきた。こちらが仮発注をしているのをいいことに、安くしようとしてのことだ。こんな状況でも後になって勝手にやったと言い張るのだ。どこまでも金に汚い医者なんだ。

しかし安く値切るだけなので、機械が入らないようだった。

すぐに「設備業者を紹介してください」とまたメール。やはり卑怯《ひきょう》な男だった。

この先生の全容を自分から暴露したのである。


最初に会った頃から僕のことを「すべて先生のことは信頼してます」と言い、その後も会って打ち合わせのたびにいつも同じように言っていたのはなぜか。

そのように言われると、馬鹿な僕は意気に感じてその気になり、開院に向けて職人とども必死になり、成果を出してきたのだ。そこまで先生のために頑張ってきたにもかかわらず、たった三、四日の僕の不在に付け込んできた。この一日の言動は誰が考えても卑怯だ。

仕方がないので、今までの緻密な打ち合わせ費、設計料、施工した分は当然請求をした。するとと返事が来た。

——勝手にやった！

何度も長時間にわたって打ち合わせし、何度も事務長のピアノ室に手こずり、何プランも作り、契約印紙代もそのままだ。捺印するだけの契約書は返却もせず、「勝手にやった」とは、なんという人間か。二万円の印紙、どうしたんだろう（場合によっては窃盗だ）。

しかも医学博士の好きな弁護士からの通知書である。裁判に持ち込むと時間が惜しい。

しかし、関係者はみんな僕の味方でいてくれた。ビルの関係者、管理会社は、「放っておいたら先生のところに戻るしかないよ。放っておきましょう」

……管理会社の方は僕のことをよく知っている。

「何考えてるの、その先生！　信じられない」

「本当だとしたら、相手が悪かったね」

紹介者の先生も、薄々この状況を知っていて、とうとう僕とは会ってくれなかった。

僕はこのまま済ますわけにはいかない。いつか必ず思い知らせてやる。本件の全容を記したレポートが、僕にはある。

――貴方は僕を騙したように、患者も騙し続けるんだな！

平成九年に亡くなった母がよく言っていた。

「胸に手を当ててお天道さんを拝むことができるか」

君もやってみたまえ！　できないだろう。

「正直者は馬鹿を見て、悪い奴ほどよく眠る。――そんな世の中、お前、考えて潰してしまえ。そんな世の中、長く続くわけがねえ」と……母の声。

消滅の日、今ここに

その後、馬鹿は死ぬまで馬鹿だという話を聞いてください。

院長、自分で言えず、非常識の弁護士から、

「勝手にやったので金を払わない」と言ってきた。

前述のとおり主役で出演した悪者だ。これが「勝手にやった」で通用するわけがない。

十一　事件

この仕事は八月中に下地まで完了していなければならない。その後にコマニーがパー

テーション工事に入ることになっていたが、院長のわがままでコマニーを外せと言ってきた。

　今まで気の毒に思って天井壁の下地を軽量鉄骨で依頼した分（時価三十五万円の仕事である）、それにまだコマニーにパーテーションを依頼するつもりで下地を造ってもらった。パーテーション工事完成まで六二〇万円の仕切りであって、安い見積もりが出ている。

　ある紹介で知ったが、全く下請け任せのとんでもない素人である。素人ほど怖い。現物を見ないで金になると思ったのか、打ち合わせをしているのに、たった三十五万の仕事に対して五八〇万円の法外な要求で提訴してきた。内装仕上げ工事はすべてで、ネットで六二〇万の見積もりをもらっている。

　素人・非常識弁護士には刃物は要らない。口から出任せ、言いっ放し。こちらは呆れて、あほらしいと放っておいた。それでもしつこいので、こちらも弁護士を立てた。

　残念ながら、こちらの弁護士先生、

「相手が出鱈目を言っている（のは解った）。それを立証しろ」

と言うのだ。嘘を嘘と立証しろ……。そんなことできるわけがない。一年半も無駄な時間を潰した。

　全く無意味なことだった。弁護士を依頼するには十分考えた方が良い……勉強になった。

　裁判官も中に入って、「こんな事件はどうでもいい」……と思っている。結局、裁判官は世間知らずだった。

頭にきた僕は、その地域の弁護士会会長に報告した。さすがに責任ある立場の方。十日以内で解決した。


世間ではいつも騙される人間、そこには悪い奴がよく集まる。また助けを求めてくる人も多い。

世の中、悪い奴、図々しい奴がよく眠る。もう何もやりたくない。

これが本来の気持ちだが。

しかし人間が好きで、仕事が好き。

だから無駄になっても、人のために……一生現役で懲りずに……


そして戦う！

十二　最後に

神奈川県の海岸近く、とある海鮮料理店がある。

一度食した客は、「うーん美味《うま》い」と必ず唸る。「とにかく美味しい」、お腹の具合も満足して帰る。

そんな客は友人、知り合いに自慢して、必ず次は連れてくる。

「名人」の仕入れる食材は、すべてが新鮮で、一品一品心を込めて、決してけちらない。

僕はここに四年間通い続けているが、食材もそうだが、器もそのつど替わっている。客が嬉しくなるところを掴み取る。

驚いたことに、最近キャビアをメニューに加えた。この店が都内にあったら凄いことになるだろう。

客がレパートリー（メニューのこと）が少ないと名人に直言でもしたのか、十日もしないうちに葉山牛の「ローストビーフ」「ステーキ」「すきやき」「しゃぶしゃぶ」……、どんどんメニューが増えてきた。

特にここの天丼は、食べた人は「日本一」と言って帰っていく。そんな名人芸もある。

僕はこの地区の海鮮料理店を、足の向くまま食べ歩いたが、この名人の右に出る者はいない。

それほど話が上手いわけではないが、客はほとんど満足して帰るから凄い。

毎週土、日は満席のときが多く、店に入れないことが多い。

あえてこの店の弱点を言うとしたら、薄暗く、それほど広くない店というところ。将来に向けて明るく、広く店構えを変えたり、移転でもしたら、さらに予約が増え、繁盛間違いなしと思うのだが。

名人もこのままではいけないと考えているようだった。

しかし残念ながら、名人には強い意志がない。料理のように、小気味よさがない。

僕が現在所有する物件、保養所として宿泊施設・浴室・宴会場もある。名人から「割烹料理店（旅館）にするには最適だ。エレベーターを設置するなら購入したい」という設計依頼が来た。

彼曰く、エレベーター業者の誰もが不可能だと言うが、僕は他人ができないということは常に可能にする。協力会社と共に考えて可能にしてきた。

エレベーターの設置は可能になったが、彼は借り入れも苦手そうなので、あらゆるストーリーを考えて申し込み、銀行の内諾を得た。

しかし、本部の審査部から、「理由は言えないが」とのことで断られてしまった。

その担当者は残念がって、

「価値ある建物だから、先生には一億五〇〇〇万を融資します」と言われ、買うことになってしまった。

彼はまた、ようやく二年後、二〇〇坪ほどの土地を購入する話になった。

一〇〇坪ほどの平屋にして、バスで来る団体を迎えるそうだ。

希望のプランを元に、一か月間、法務局、行政との打ち合わせ、プラン改定案を含めて三案ほど作った。

その後、各協力会社とも、のべ三十人以上との打ち合わせをして、経費は相当かかった。僕はプロである以上、後になって「できない」と言ったことはない。本工事、設備（特に浄化槽の設置が大変）など、業者を決めて着工の準備を進めていた。

しかし、その時点になって、彼から一言「簡単に土地は買えなかった」。

こんな無責任で終わらせていいのだろうか。

他人にやらせるだけやらせて、自分でどこまで動いたのだろうか。土地を購入する努力は見られなかった。

世の中そんなに甘くない。自分で動かなければ！


しかし、バカな僕は、再度（三度目）騙されることになる。名人が好きだから。料理が正直だから。

「先生、この建物（僕のリゾートパレス）にダムウェーター（食事を運ぶエレベーター）をつけてくれれば買います」

当然全館は購入できない。厨房、レストラン、二階の和室、広間（宴会用）、二階の個室、五部屋。部分的というのは、登記上も考えなくてはならない。

土地家屋調査会社に相談したり、彼が相談したと言った不動産会社（じつは嘘。一度も会っていない）にも会った。

部分的な売買契約をすべく、全体の三十五パーセント、三十パーセント、二十六パーセントと、具体的な話をこちらからしても、料理とは全く逆。歯切れが悪いどころか、全く自分の意見を言ってくれない。

これが最近の若者、政治家によくある特徴だ。最後に責任を取らない。

僕はダムウェーターを設置するにあたって天井を毀し、ほとんどのダクトを新しく取り換え、給水、ガスを引き直し、約四〇〇万円を使った。

「料理は最高だが、計画はいつも簡単に中止。人のことなどお構いなし。それなのになぜやるのか」

周囲や家族はそう言うが、結局彼が好きで、「名人」の大成功を夢見て応援したくなるのである。

しかし、彼はあたかも金融機関のせいにして、

「ここは二〇〇〇万の価値しかない」と言う。よく口から出まかせを言うよ。

「それでは二〇〇〇万出すのか」と言うと、具体的には何も言わない。

何も考えず、口から出まかせ。自分から意見を言ったことがない。彼から紹介された金

融機関の支店長、次長にお会いしたところ、彼からは融資の話も何も聞いていないとのことだった。

毎月幾らで借りたい、という話もない。

もう自分の馬鹿さ加減に飽き飽きだ。


自分の恥を世間の人に聞いてもらおうと思い、最後の章に付け加えることにした。

名人は悪い人間ではないが、ただ、人を動かしておいて、感謝とか謝罪とかをしたことがない。

今の世の中、こういう人間が多過ぎる。僕は少年の気持ちのままでいたい。こんな大人にはなりたくない。


ところで件《くだん》の施設だが、「健康村」を作ろうと、いろいろなリハビリ関係の仕事をする若者が集まってきた。夢のふくらむ建物であるため、タイ古式マッサージ、あかすり、ネイルサロンなどをする人たちが集まってきた。

「この建物は売ってはいけない、僕らがやります」

と、久しぶりに若者たちの心意気を感じた。

しかし、若い人は夢は大きい。いざ話が具体的になると、必ず人任せ。資金力もないし、人集めもできない。立ち上げの時期を決めても、話は一向に進まない。いつの間にか立ち消えになってしまう。言い出した人間もなしのつぶて。なんら責任を感じない。

またここに、日本社会のために身を粉にして働くと言う、見上げた若者が来た。

東京でヨガ教室をやっているという三十代の若者は、このレストランと二階の広間を見て、「最高の場所を与えていただいた。必ずヨガをやります。他に厨房の一部を借りて不純物のないオイル（「ギー」というそうだが）を作りたい」と言ってきた。

それには独立の部屋（厨房）を作る必要があるので、保健所に立ち会いプランの説明も行い、改装に一八六万円かかった。

心配なので三年で減価償却できるように計画し、月五万五〇〇〇円という金額を提示した。

「最初は三万円にしてほしい。後で二十万でも、三十万でも支払う約束をするから」という話になり、ようやく一年近くになった。

当初、「自然野菜を作り、自然料理教室をやる」「泊まり込みでヨガの生徒を教える」などと言っていたが、好き勝手を言うだけの人間で、結局そのまま引き揚げた。長野の方に行ったらしい。

何を考えているのだろう、その後メールが来て、「金に困っているので三〇〇万円を融通してくれ」と言っている。自分のやっていることが分かっていない。

こんなのは詐欺以上。最初から騙すつもりで平気な顔をしている。どういう教育を受けたらこういうことができるのであろうか。

よく考えると、はっきりものを言わない、謝罪をしない、責任を取らない、すべて人のせいにする政府と同じだ。

日本人が人のことを想わない自分勝手な人種に変わってしまった。

実に危険。日本消滅も近いといえる。

十三　復活　未来に託そう子供達へ

……そうだ。ここで終わっては、と想い、やり直そう。

僕はこの施設、健康村のロビーでコンサートを開いたり、ある建設会社の若手技術者四十名ほどを呼んで、泊まり込みで「スパルタ建築研修会」をやってくれと依頼を受ける。午前・午後の長時間、主に僕の経験にまつわる話を聞いてもらっている。もちろん建築についてだ。

時には厳しく叱ることがあっても、喜んでくれる。

その教え子が後日、建築士試験に合格したと報告を受けたとき、この上なく幸せで感動する。

国や政治家は、若者達が何を考え、何に不満を持っているか少しは考え、真剣に向き合おう。

若者達の目線にまで下げ、こころを開き、彼らの懐に飛び込む勇気を持って欲しい。ここでも対話が大切だ。

また子供に向けて自分の話をすることもあるのだが、小中学生の子供たちが、僕のような年寄りの話を、真剣な眼差しで聞いてくれる。

この子たちに託そう、未来を。

ずっと遠く　かすかに細く
　未来に通じる　光を
　　必ず見出してくれるだろう
やがて彼らが　英知・想・そして愛で
　日本を守っていくことを！

了

著者プロフィール

田 龍太郎（でん りゅうたろう）

産地　北海道知床
生誕　昭和 20 年 2 月 14 日（自分だけの終戦日）
「健」築家　人のために 50 数年
東京建築士会所属
インテリアプランナー
応急危険度判定士

日本を守るのは国民の英知・想・そして愛

2021年 7 月15日　初版第 1 刷発行

著　者　田 龍太郎
発行者　瓜谷 綱延
発行所　株式会社文芸社
〒160-0022　東京都新宿区新宿1－10－1
電話　03-5369-3060（代表）
03-5369-2299（販売）

印刷所　株式会社フクイン

ISBN978-4-286-22753-5